LA SENYORETA KEATON I ALTRES BÈSTIES
———————— Teresa Colom ————————

基顿小姐和其他野兽

〔安道尔〕特蕾莎·科隆 著 陈超慧 译

著作权合同登记号　图字 01-2022-0118

Teresa Colom
LA SENYORETA KEATON I ALTRES BÈSTIES

© Teresa Colom, 2015
© Editorial Empúries(Grup Editorial 62), 2015
Published in agreement with Edicions 62, S. A.
Simplified Chinese edition copyright © 2022 by Shanghai 99 Readers'
Culture Co., Ltd.
All rights reserved.

图书在版编目(CIP)数据

基顿小姐和其他野兽/(安道尔)特蕾莎·科隆著；陈超慧译.—北京：人民文学出版社，2022(2025.1 重印)
(短经典精选)
ISBN 978-7-02-017480-5

Ⅰ.①基… Ⅱ.①特… ②陈… Ⅲ.①短篇小说-小说集-安道尔-现代 Ⅳ.①I553.45

中国版本图书馆 CIP 数据核字(2022)第 169376 号

总 策 划	黄育海
责任编辑	卜艳冰　邱小群　骆玉龙

出版发行	人民文学出版社
社　　址	北京市朝内大街 166 号
邮政编码	100705

印　　刷	凸版艺彩(东莞)印刷有限公司
经　　销	全国新华书店等

开　　本	889 毫米×1194 毫米　1/32
印　　张	5
字　　数	93 千字
版　　次	2022 年 10 月北京第 1 版
印　　次	2025 年 1 月第 2 次印刷

书　　号	978-7-02-017480-5
定　　价	55.00 元

如有印装质量问题，请与本社图书销售中心调换。电话：010-65233595

SHORT CLASSICS
短经典精选

献给

约迪·维拉

目录

001 | 克洛克小姐
041 | 卡特琳娜
068 | 莫特森家的男孩
108 | 掘墓人的儿子
126 | 迪瑟查彭大宅

克洛克小姐[①]

就在克洛克夫人发现自己的衰老是不可避免的那个早上,她知道自己怀孕了。

那正是用早餐的时间。八点半。阳光从大窗户落入宽敞的饭厅,窗外是花园的景色。克洛克先生正在读日报中的商业栏目。克洛克夫人没什么食欲,厌烦地搅动着杯中的茶。杯中的茶散发出如天鹅绒般的热气,茶的表面浮着一块凝块。那是热水和茶叶造成的凝块。克洛克夫人立刻想到了管家格鲁姆先生那柔软的嘴巴。格鲁姆先生并没有沏茶,是克洛克夫人自己沏的茶。但在喝了一口后,克洛克夫人突然感到恶心,立马跑到离她最近的马桶旁。她跪在铺了大理石的地面上,把前一天的晚餐和胃里的东西都吐了出来。那并不是她第一次在晨起后感到恶心。十年前,在她第一次、也是唯一一次流产前,她就体会过这种感觉。

[①] 克洛克为原文"Clock"的音译,该词为英语的"钟表",有暗指时间之意。

她站起来，想要在镜中看看自己的脸色是否还好。当她看见那与过世的母亲一模一样的脸庞时，她发现，自己的脸上有一条深深的皱纹，一条从嘴角开始往下延伸的皱纹。那不是表情纹，也不是那种只要好好睡一觉就会消失的皱纹。她已经四十六岁，不再是那个被虚假希望蒙骗而看不到真相的小姑娘了。那条皱纹并非娇嫩的新芽，已然是一棵栎树。

医生立马就确认了，克洛克夫人已经怀孕数周。克洛克夫妇忙不过来了。从孕期第三个月开始，他们就忙着写信、寄卡片和发电报。他们要在第一时间向很多家人告知这一消息。

在怀孕的那几个月里，人们对孕妇关怀备至，小心翼翼地照料她。再没有其他孕妇能比克洛克夫人得到更好的待遇了。她要休息，要多多休息。她的肚子不是一个普通的空间，母亲的肚子就是母亲。当母亲心情平静时，腹中的胎儿也会平静，听到声响也不会有情绪变化。而在多年后，当孩子长大后，在面对同一情况的不同解决方法时，孩子就绝不会做出可能会造成可怕后果的决定。同样的，如果母亲在怀孕期间心情悲伤，孩子生来就会性格悲伤；当别的孩子在无忧无虑地玩耍的时候，这个孩子已经会定睛看着天空了。在多年后，当孩子长大后，就会坐到心理咨询室的座位上。孩子可能会一边盲目地前行，一边努力寻找童年里自己和悲伤的联系，那自出生前已存在的深入骨髓的联系。克洛克夫人会在休息和休息之间会不停地看镜子，甚至在休息期间也会看镜中的自己。前厅里的那面产自穆拉诺①的精美镜子，舞厅里的那面大镜子，宅子二楼的那面全身镜，梳妆台的三面镜，银汤碟，银勺子……克洛克夫人是斯坦姆家的小女儿，曾经也是甜美可人、年轻的斯坦姆小姐。她走进肖像厅，走到她母亲——已故的斯坦姆夫人的肖像前。她从嘴角边的皱纹开始细细端详画像。小时候，她以为这条皱纹是母亲出生时就有的。她的眼光往上移动，看向肖像中人的额头，又看了看母亲的脸庞，似乎在看一面未来的镜子。她又看向那双眼睛和那头发。她的视线沿着母亲的头发往下移动，一直到肖像的下方。画家并没有将斯坦姆夫人的双手画出。她充满希冀地将手放在腹部。她能感觉到腹中的胎儿是如何在她体内长大的。但是，我们只有一个身体和一个脑袋，而希冀和不安总是混杂在一起涌上心头……时间就这样过去了，一天又一天，一周又一周，一个月又一个月。

在第一次眩晕之后的八个月又两周时，在七个小时的宫缩和三个小时的分娩后，克洛克夫人诞下了一个女孩。

人们立刻在宅子的二楼布置好婴儿室。婴儿室就在楼梯旁边，距离克洛克夫妇既不远也不近，距离仆人们的房间既不近也不远。

---

① 意大利威尼斯的一个小岛，以盛产彩色玻璃、玻璃制品而闻名。

人们为墙壁贴上粉红色的墙纸，那粉色就如初生的生命一般娇嫩。城里最负盛名的一位艺术家在墙纸上画上白色的小鸟。房间里有一个摇篮、一个衣橱、一个五斗柜、一张扶手椅和一扇窗，从窗户可以看到日出。

孩子的眼睛是什么颜色的呢？父母、亲戚和朋友们总会问同样的问题。孩子长得像谁呢？她的眼睛是什么颜色的呢？大家都希望孩子长得像自己。孩子的母亲没有说出口，但她内心希望孩子长得像自己。孩子的父亲也没有说出口，但他希望孩子能长得像自己，或像自己的母亲。

克洛克小姐的眼睛是什么颜色的呢？那是一个四月的早上，孩子刚出生三天。天空被云朵遮盖。据说，那天下午是要下雨的。克洛克夫人坐在摇篮旁。她将手指伸给孩子，好让她抓住自己的手指。孩子睁开双眼。她的眼睛很大，很机灵，却无法说出那是什么颜色。我们只知道，在她出生的时候，那些在之后被我们称为"信仰"或"直觉"的东西，那些不知从何而来的、有着奇怪的和无法确认的确定性的东西，都会在合适的时刻呈现在我们面前，也会在合适的时刻消失。在新生儿肿胀双眼的背后隐藏着的真理，那些因出生这举动而被猛烈撼动的真理，是我们成年人永远无法用自己的眼睛看到的真理。在我们努力模仿别的声音、做鬼脸吸引新生儿的注意时，这些真理慢慢地下沉到深处去了。

　　克洛克小姐的眼睛是什么颜色的呢？克洛克夫人坐在摇篮旁，等待的思绪让她心神摇荡。流逝的时间。在怀孕期间不断侵蚀她的不安。当孩子进入社交圈时，她自己会是几岁了呢？她应该会变成一个老太太了，那个甜美可人的、年轻的斯坦姆小姐应该会变成一个老太太了。她会变成一个在舞会上离群索居、自己坐在椅子上的老太太；她会变成一个身边人对自己脖子上的项链虎视眈眈、仿佛那项链就是挂在一具骷髅身上或可以一手抢过来的老太太。不知不觉，在那个瞬间，克洛克夫人启动了她在怀孕时建成的那台机器，她所希望的事情开始发生了。

　　天空变暗了，孩子的眼睛变得更加明亮了。孩子的母亲着迷地看着孩子。那是蓝色的。克洛克夫人跑下楼梯，将这个消息告诉所有人。女孩的眼睛是蓝色的，和自己的父亲——斯坦姆先生的眼睛一样的蓝色。她立刻派人去找克洛克先生。最年轻的女佣顺着楼梯走到石阶。格鲁姆先生挥了挥手臂，做了个手势，让她不要打搅他，让女佣继续擦楼梯的扶手。克洛克夫人笑着跑向图书馆。管家步履轻快地跟着她。女孩的眼睛是蓝色的！与此同时，在宅子的一层，在那个暴风雨将来的春日，在房间的一片寂静中，那个刚出生三天的女孩儿将脸朝向窗户，仔细打量着世界。

那是一个可爱的孩子。她的母亲非常自豪。出生刚满两周的她已经说出了第一个单词,在第三周后,孩子已经可以说出完整的句子了。那并不是一件寻常事,但毫无疑问,这些不寻常的事儿还是时有发生。就像博鲁家的儿子,他两周岁时就可以吹小号了,他吹出的气息就像是一个九十公斤的男人吹出的一样有力。还有布瓦特家的女儿,她在出生第三天就长得比摇篮还大。在出生数周后,人们一不小心就让她掉到水里去了。大家都以为她死了,但在她消失一年后,一个日本渔民在公海水域中看见她在一群鲸鱼当中。

在盛夏时分,克洛克家宅子的花园充满了生命的气息。无数昆虫在花园里上蹿下跳,从一片叶子跳到另一片叶子,从一朵花儿跳到另一朵花儿。克洛克小姐追着这些有趣的生灵跑。她坐在草地上,将手伸向一只跳起了的小蚱蜢。看着突如其来的新平面,蚱蜢迷失了方向,落在克洛克小姐的手掌上。瞧这小家伙!它是绿色的,绿得像草一样。它有头,有身体,有手脚和眼睛,但和那时在花园里喝茶的宾客们长得不一样。蚱蜢的小脚挠得她很痒。她能察觉到它的轻巧和脆弱。蚱蜢又跳起来了,它充满活力地跳往自己的世界。一只鸟儿从附近的一根树枝上飞落到地面。克洛克小姐看着鸟儿。鸟儿在唱歌。她每天早上都能在房间里听到这鸟儿的歌声。鸟儿站在草地上，打量着小女孩，悄悄地蹦蹦跳跳地靠近她。那鸟儿就像她房间墙纸上画的鸟儿。那小鸟伸长了脖子，准确地用鸟喙捉住了刚落地的小蚱蜢，用力挤压蚱蜢的胸腔，将脚还在动的蚱蜢吞了下去。鸟儿不看女孩。在距离他们几米远的地方，在花园桌子的旁边，西蒙斯家那五岁的女儿抓住父亲的膝头哭泣。因为她用沾满糕点的手弄脏了裙子，她的母亲刚刚骂了她。克洛克小姐听不见孩子的哭声。她追着鸟儿的踪迹，看着它飞回到树上，将蚱蜢完全吞了下去。她感觉到自己的太阳穴似乎被压紧了，午饭喝下的牛奶涌上了她的嘴巴。西蒙斯家的女儿发完了脾气，立马不哭了，开始拨动玫瑰丛的泥土。有什么东西吓到了她，她缩了缩身子，但什么都没说。

"来！"她朝克洛克小姐喊道。

克洛克小姐的喉头仍有酸酸的余味。她听到了喊声，朝孩子走去。

"将手放在这里。"那女孩脸上带着甜甜的笑，说道。

克洛克小姐将手放到玫瑰花茎上，被刺了一下。西蒙斯家的女儿笑了。

"我也被刺了一下。"她告诉对方。

下午过去了，宾客都离开了。那天晚上，被小鸟环绕的克洛克小姐第一次无法即刻入睡。太阳已经下山,可以看见最早出现的星星。房间里一片寂静,有比黑暗更加昏暗晦涩的东西。既然她已经被刺到了,为什么还要让自己将手放在玫瑰上呢?那是克洛克小姐对人性提出的第一个问题。

那天早上,克洛克夫人一直在忙活。距离女孩出生已经六个月,而人们已经把她的摇篮换成床了。尽管这样的情况并不多见,但孩子的身体在不断成长,她的知识也在不断增长,再将她放在摇篮里是没有意义的。有些不了解情况的人还以为孩子已经七八岁了。至于克洛克夫人,她还是会看镜子,但已经不像前几个月那么痴迷了。虽然孩子已经基本可以自己照顾自己,但克洛克夫人还是忙于照顾孩子。孩子已经可以自己起床,自己下楼梯,自己去厨房。在厨房的侍女们会问她是否吃过早餐,将她带到楼上房间里,为她穿衣。当克洛克夫人起床时,孩子已经收拾得干干净净、整整齐齐的了。一开始,她会在自己的房间里玩耍。但慢慢地,她开始到宅子里的各个角落探险。人们也说过,要给她请一个家庭女教师,但克洛克夫妇觉得,最好还是等孩子满一岁,现在先让她再享受六个月的孩童时光。克洛克夫人脸上的皱纹并没有消失。但是,当侍女把孩子抱去睡觉之前,在孩子跟她道晚安、亲吻她的时候,克洛克夫人觉得,岁月并没有让她衰老,而是让她变得完整了。那是她的女孩。克洛克夫人露出了满意的微笑。在无数个夜里，在重返宾客间的谈话前，她的内心都能感受到亲自把女儿抱上楼睡觉、问她一天过得怎么样所带来的激动。但女孩已经知道自己是她的母亲，而无论怎样，女孩的每一天一般也是平平无奇的。对克洛克夫人来说，最好还是不要让来宾感到招待不周。她以后总会有时间和女孩聊天的。孩子会给生命带来新的意义。穆莱先生是做运输的，他常说，他将寻找生命意义的一部分责任交给了孩子，这会让你感到整个人如获新生，心情开朗，因为你将身上的部分重担卸下了。穆莱先生说话总是会用装卸货物相关的术语。而热爱观察大自然的贝文伯爵则认为，对母亲来说，母性就是一种魔法，就像是母羊在生出小山羊后会得到的魔法一样。贝文伯爵很重视母山羊的感受。和动物不同，我们不需要一直在分娩时为那些可能让我们或我们的孩子丧命的事情操心。考虑到成为母山羊对于母山羊本身的意义和成为女人对于女人本身的意义，或是考虑到成为人对于一个人的意义，对一头母山羊来说，成为母亲的复杂性就和一个女人要成为母亲的复杂性是一样的。狼群中的首领只和母狼中的首领交配。对于其余女性来说，成为母亲的感觉是一个那么简单的需求，所以很多不是佼佼者的女性都会把怀孕想得非常美好。不管怎么样，克洛克夫人认识很多没有成为母亲的女性，她并不觉得其他人比她们过得更开心。很多夫妻也没有为人父母，但他们也不见得比其他夫妻过得更悲惨，就像科林夫妇、隆里夫妇和玛格丽特阿姨。尽管如此，她并不十分确定玛格丽特阿姨的情况。

玛格丽特阿姨的花园是全省最具异域风情的花园。在一个三月，阿姨聘请了一个来找工作的外国人，这个人会帮忙做花园里的活儿。没有人知道他从哪里来，也没有人能辨别出他的口音，但那人长满毛发，所有人都认为他来自严寒之地。他在宅子里工作了一年，然后就离开了，朝他来时的方向走去。在他离开数月后，玛格丽特阿姨家里出现了一个小家伙。无论是那些见过他的人，还是谈论他的人，都只用"小家伙"来称呼他。玛格丽特阿姨命人掀起她那巨大的客厅中的一部分马赛克，在那个地方种了一棵树。尽管那小家伙在树上坐得并不舒服，有时还会失去平衡摔在地上，但他每天的大部分时间还是在树上度过的。要是摔下来了，他就重新爬上去。那小家伙非常放肆。有风言风语说，那小家伙并非像玛格丽特阿姨所说的那样，是异域的野兽，而是罪恶的果实。如果这是真的，那这就会成为天大的丑闻。因此，在亲戚和朋友拜访玛格丽特阿姨的时候，他们都假装不知情。有时候，那小家伙会从树上下来，到图书馆去。用人们收到命令，如果发现他在翻看有插画的书，就将他赶到树上，天气好的话可以将他赶到花园。一个女佣说过，一天晚上，当用人们都睡着了、家里没有外人的时候，她听到声响，走下楼梯。图书馆的门半掩着。在图书馆里,壁炉里生着火,夫人坐在一张扶手椅上。那小家伙就在她膝上,她在给他读故事。

克洛克先生外出公干两天。那天早上,克洛克夫人一直在忙活。她跑到阁楼上,在衣箱里翻找着什么。在她结婚时,她把这些衣箱从父母家里带到这里来了。都是些旧衣,是她年轻时穿的衣裳。衣服有一定年头了,但几乎是全新的。那些礼服、那些充满回忆的披肩……她渴望看到女儿穿上这些衣服的那天。真希望那天早点到来呀!有人正在上楼。那人一级一级地走上楼梯,每走一步,脚步声就更重一些,似乎那人的身体也更重了。这听上去非常奇怪,脚步声的变化不像是因为那人距离更近、即将走到阁楼而造成的。除脚步声以外,还有一点声响,像是烤箱中的蛋糕膨胀的声音。克洛克夫人回过头来。阳光从她背后的天窗进入阁楼,而她的脚边和阁楼的门都被影子笼罩着。阁楼的门发出吱吱嘎嘎的响声,从楼梯那儿透出光来。由于背光,只能看见来人的轮廓。她认不出是谁,她看不清对方的脸,而那人的身材……宅子里没有这样身形的人。那不是孩子,也不是大人。那人轻快地走近她。在距离她两拃[①]远的地方,那人朝她伸出了手。一道阳光照在那人的脸上。

[①] 张开的大拇指和中指(或小指)两端间的距离。

"妈妈!"

克洛克夫人不禁大叫一声。她惊恐地看着那个自己从来没有见过的姑娘,而这个姑娘则小心地拿起了她手中的礼服。克洛克夫人垂下手,后退了一步。

"妈妈,我吓到你了吗?这都是你的衣服吗?"

那个小姑娘跪在衣箱前。毫无疑问,那个能将那些衣服合身地穿到身上的姑娘就是她的女儿。这一想法让克洛克夫人眼中蒙上一层阴影。她知道那是她的女儿,内疚感在她心中滋长。她没法清晰地思考,但显然,内疚感充满了她的内心,已在理智之前控制了她的思绪。跌坐在地上的克洛克小姐充满期待地抬起头,为眼前的衣服深深着迷。女性对衣裳总是没有抵抗力的。母亲从头到脚打量着女儿。女儿不能穿这些衣服,也不能站到镜子前。她自己发现了这一变化了吗?肯定没有。克洛克夫人心里很清楚,她不能让孩子看见她自己的模样,也不能让别人瞧见孩子的模样。至少现在不可以。上午刚过去一半,夜幕还远未降临。在这阳光之下,她要怎么把女儿藏起来呢?要怎么不让女儿察觉这变化呢?没错!尽管女儿看上去很精神,但她要让女儿睡觉。就用那些药片,那些在她流产后因失眠而让医生给她的安眠药。药就放在房间的五斗柜里。克洛克夫人看了一眼周围:阁楼里一面镜子都没有。她要将女孩单独留在这儿,只是几分钟而已。她可以将药片溶解在果汁里。孩子应该已经在早餐时喝过牛奶了,她总是爱喝果汁的。她要下楼到自己的房间去,然后立刻让用人给自己拿一杯果汁。没有人会去阁楼。女孩肯定沉醉在礼服里,但她难道不会看见自己的双手吗?她不会察觉自己穿的衣裳或鞋子已经不合穿了吗?克洛克夫人看着孩子在衣箱中翻找。她似乎还没有察觉自己的变化。自诞生起,孩子就出乎意料地长得飞快,让人没法预料她衣服的尺码。她应该已经习惯了那些紧巴巴的衣服。在那些不可能的情况下,你要相信,运气和其他不可控因素总是会对你有利的。克洛克夫人不再犹豫,留下孩子一人,下楼到自己的房间,要了一杯果汁,然后打开五斗柜,小心地将少量药片溶解在果汁里,然后拿着果汁回到阁楼。孩子一口气喝完了果汁,什么都没问。她的计划就这么轻易地完成了,这让她的行为显得更加阴暗。两人之间的关系让这阴暗可怕到极点。药片起了作用,母亲将孩子带下楼,让她睡到床上,并告诉用人,孩子不太舒服,任何人都不要去打搅。孩子沉沉睡去。

回到自己的房间后,克洛克夫人的眼中再次蒙上了阴影。她的头脑没法冷静下来。她深深地吸气,深深地呼气,不知道自己呼出的空气里面有什么。自己是什么时候穿上女孩从她手中拿走的那件礼服的呢?她第一次穿那件衣服是在一个夏天,她在父亲哥哥的乡下别墅中度假。那时候,她十四岁。衣箱中的衣服是适合十四岁的小姑娘穿的。她眼前又浮现出女儿在房间中熟睡的情景。不可能,难道是自己的愿望造成了女儿的变化？个体的本质并不总是和物种的规律一致的。她在当中又起了什么作用呢？从女儿出生起，女孩就走得比时间还快。于是，克洛克夫人满脑子都想着上个月发生的一连串无关要紧的小事。在女孩说出第一个单词之前，在女孩迈出第一步之前，在女孩显示出与年龄不符的知识和自主能力之前，她都曾经希望这些事情发生。一位客人说中了她的心事："只有当孩子长大一些，当他们可以明白你说的话、能对你说话时，你才能真正开始享受和他们在一起的时光。"或是因为她那想看见女儿走路的愿望，或是因为她想每天舒舒服服、不必为孩子操心。但这些愿望从来没有实现。我们都是受事物发展所限的。不然的话，事情会变得怎么样呢？她不能再许下和孩子相关的愿望了。那个小姑娘，就像是一个十四岁的小姑娘。克洛克先生要两天后才回来，用人们也不会在未获她允许的情况下走入房间。那些药片应该会让孩子在今天剩下的时间和明天一整天沉睡。那些奇怪的、不应是她使用的东西会让那具年轻的身体感到疲累。据说，病人卧床的时间越长，他们就长得越快。没错，就这么说吧。孩子病了，会突然长高。孩子又一次突然长高了。不管怎么样，孩子的生长都不符合一个普通女孩应有的变化。她不会再许下什么愿望了，不会再许下和孩子相关的愿望，那一切问题都解决了。那不是她的错，孩子的命运与她的心思有那样的联系，这并不是她的错。她甚至还不知道那所谓的联系是否真的存在。女孩会长得比正常速度快，也许自己也能对男孩产生同样的影响呢？我们要看到事物积极的一面。孩子会穿上自己的旧礼服的，孩子看那些衣服的眼神是那么的充满希冀呀。

克洛克夫人的呼吸更加平静了。次日，她每时每刻都在关注着女儿的情况。她将早餐、午餐和晚餐拿到孩子房间，一整个下午都在陪孩子。第二天，当克洛克先生回到家时，克洛克夫人说得言之凿凿，克洛克先生也没有发现什么异常。尽管他对孩子的未来有点疑问，但还是自然而然地接受了克洛克夫人的说辞。就这样，用人和其他人都接受了这一事实。我们竟有能力去接受那些悲惨的、难以置信的事情，这一强大的能力真是让人吃惊。

在之后好几天的时间里，克洛克小姐还一直觉得身上酸软。她从来没试过这样。克洛克夫人看着孩子每天有气无力地上下楼梯，心里只想着这是药物的副作用。孩子应该是身体有点疲累，心情有点低落而已。在那些天，孩子更喜欢透过窗户望向外面的世界。那巨大的花园现在似乎不比她的房间大多少了，外面的那片空间已经不再是她曾经迷路的那个地方了。花园里怎么可能会有那么大的空间呢？她需要一扇窗户，好让自己的思绪自由飞翔。房间墙上的鸟儿也成为花园的一部分。除她以外，所有的东西都是那么奇怪，那么不一样。

她的母亲敲门了。她不记得那些衣箱了吗？那些装满了礼服的衣箱。越世俗的东西越能分散我们的注意力。我们不能整天像母牛一样反刍着那些复杂的事情。楼上真的有很多被人遗忘的美妙绝伦的衣衫，那是比汤剂和说辞更好的良药。克洛克小姐第一次穿上了长礼服。在准备扣上纽扣前，她轻轻地掩上了门。她不希望别人看见，她只想自己一个人待着。但现在，她不需要母亲，她只需要世界。她的母亲让人将一面立镜搬到阁楼，她看着镜子中的自己，笑了。一个女佣在楼梯上喊她的名字。有客人来了。她将礼服脱下，将衣服放回衣箱，重新穿上自己的衣服。让父母的朋友久等总是不礼貌的。用人们在温室里为他们奉上茶水。她不喝茶，只想喝杯牛奶。自她最后一次突然长高后，只要有宾客在，她就总是坐着而不站起来。起码从外表看来，她长大了，而我们总是被要求做与自己年龄相符的事。

当她来到温室的时候，她看到的不是一对夫妇，不是一位夫人，也不是父亲的朋友，而是一个小伙子。他背对着她站着，在欣赏兰花。她的父亲在聊政治，而她的母亲在聊花草，小伙子则对双方都应答如流。她的母亲向两人介绍对方，她和小伙子只是互相微笑，点头示意。小伙子已经听说，克洛克家的女儿很年轻。人们并没有夸夸其词。女孩看上去应该有十三、十四或十五岁。他尽量不再去看她，避免显露自己的好奇。他二十五岁了，是女孩父亲的老朋友的儿子,而父亲的这位老朋友在一年前去世了。

那天晚上,克洛克小姐躺在床上一个小时,却还无法入眠。她脑海中一次又一次回想着那天下午喝茶的情形。那个最初的微笑,那点头示意,那张脸庞,那卷卷的头发,那双手,那些话。她的思绪飘到房间的天花板上,她不禁笑出了声。墙上的鸟儿会为她保守秘密。第二天,在吃早餐的时候,用人们一如既往地热烈地聊天。在厨房里吃早餐是她保留的为数不多的习惯之一。听用人们说话是一件很有趣的事情。而对那些在数月前亲眼看见她出生的用人们来说,他们只把她当作不用严格遵守规矩的小孩子。和用人们在一起会让她感到舒服,而她的在场也没有让他们感到不适。一个女佣向厨娘询问关于圣诞节晚宴的事儿。距离圣诞节还有两个月,但夫人已经开始安排菜单了。附近的人都会来参加克洛克家的圣诞晚宴。女佣们开始聊八卦,一个男佣也加入她们的聊天当中。在晚宴当中,他们似乎不会在现场,但他们知道的关于宾客的事情比宾客自己知道的还要多。克洛克小姐听着他们说话。礼服、珠宝、八卦、小插曲、音乐、舞蹈……这一切似乎都是童话里面的场景。她什么都不敢问,也不知道要问什么。在那天中午,吃过午饭后,她几乎就要问出口了。但在她说话前,她的父亲先说话了:那个年轻的麦隆先生——父亲是如此称呼那个小伙子的——已经回复说他会参加圣诞晚宴。女孩将手中的汤匙放下，不再喝汤了。她十分关心父母聊天的内容。克洛克夫人正考虑要用烤乳猪代替烤鸡，但又想着替换菜式会显得寒酸，最好还是直接加一道菜。她已经开始想着要和裁缝商量礼服的设计，挑选礼服的面料。她想再次穿绿色礼服，绿色可以让她看上去脸色更好，但一些记忆力不好的宾客可能会将她今年的礼服错认为是去年的旧礼服。克洛克先生不想在余下的一个月——也就是整个十一月和十二月的一部分——里一直听着礼服颜色的话题，于是让夫人不要担心其他人的看法。至于礼服的颜色，只要选能衬托她魅力的颜色就好了。至于女士们嘛，单色的礼服并不会让她们忽略新剪裁的礼服的其余细节——那只是男士们的触觉所无法察觉的细节。在听了丈夫的话后，克洛克夫人又开始考虑选用绿色面料了。说实话，她的丈夫总会在她最需要的时候给出最恰当的回答。女孩最后决定喝一口汤，但关于圣诞晚宴的谈话还未结束。史普尔夫人已经告诉克洛克夫人，他们家的女儿不会来参加宴会。克洛克夫人认为，这个决定是非常正确的。那姑娘还太小，只有十五岁，不适合参加社交场合。克洛克小姐低头看着桌面。她眼前的汤羹似乎成了一口深井。

从那天起，每个周三，在她的母亲和朋友们玩扑克牌的时候，她都会走到阁楼上，关好门，取出衣箱中的礼服，将它们穿在身上。不止一个晚上，她看到父亲的朋友们手牵手转圈，旁边有人在给他们弹钢琴。他们在跳舞。她站在楼梯上悄悄地偷看。尽管在某些情况下，在拿着酒杯跌倒在那精美的波斯地毯之前，贝文伯爵会和伯纳德先生跳一段舞，但跳舞的总是一男一女。十一月末的一个周三，在扣上礼服的最后一个领钩后，女孩儿像往常一样仔细端详着镜中的自己。她母亲在十六岁的时候第一次穿这条裙子，那是母亲让她取出的唯一一条裙子。尽管那礼服与她的年龄不符，但现在，对她来说，这件衣服已经很合身了。她是多么希望穿着这件礼服走下石阶，在人群中找到他，与他共舞。

母亲察觉到了姑娘的新变化，用人们也都看出来了。姑娘在厨房吃早餐时，用人们变得越发沉默，一天早上，管家先生还不得不提醒其中一个小伙子，让他看向别的地方。克洛克夫人将一切都看在眼里。姑娘的衣服只到她的腿肚子，显得滑稽。难道自己又和这有关吗？她很确定，她从来没有祈愿让女孩长大成为女人。克洛克夫人想得没错，希望发生这个变化的是另有其人。

我们一般是慢慢发现这个世界的。在摇篮中，我们就能听见雨声。在之后的几年里，我们会发现雨水的气味给我们带来的愉悦，我们会避免被淋湿。我们偶尔也会觉得被雨水淋湿是一件非常浪漫的事情，但我们并不会觉得雨水是什么奇迹，因为我们从在摇篮时开始就已经感知到下雨这件事情了。在十二月的第二天，照进宅子的阳光有什么不一样。在拉开窗帘时，克洛克小姐看到了成千上万的细小白羽从天上掉落。她低下头，简直无法相信自己眼前的一切。她不知道那覆盖了世界的纯白叫什么名字。她赤脚跑下楼，一个侍女赶紧给她披上克洛克先生的大衣。几分钟后，另一个用人拿着鞋子出来了。女孩在雪地上赤脚跑着。她第一件想做的事情就是跑到最近的大树旁，看看被白色覆盖的树还是不是一棵树。在这纯白的斗篷下，树皮还在，鸟儿抖动翅膀，在树枝间跳来跳去。世界没有终结，也没有开始。世界仍在继续。在感受到最初的冲击后，她才觉得脚上很冷，便穿上了鞋子。她流连忘返，好一会儿才走进屋子，仍为眼前的怪事失神。在这场雪后，之前只偶尔从人们嘴里听到的圣诞节就无时无刻不出现在人们对话当中了。

总有一定的标准会帮助我们做出决定。但当克洛克小姐在午饭时用颤抖的声音询问自己是否可以参加圣诞晚宴时，克洛克夫妇不知道要用什么标准去回答这个问题。那孩子似乎没有确切的年龄。克洛克先生也发现，她看上去就像个姑娘。他提醒妻子这一点。但女孩实际上还是那么娇弱，他觉得无论如何，高声谈论此事都是不合适的。我们总会在事情发生前有预感。女孩可以度过多少个圣诞节呢？我们只知道过去和当下，因此，他们内心的预感成了唯一的标准，克洛克夫妇应允了女孩的请求。

道路两侧摆有火炬。马车在宅子正门停下，穿着正式的男士和头戴精致头饰的女士从车上走了下来。随着第一名宾客的到来，音乐响起。能听见大衣摩擦过肩膀的窸窣声、感谢邀请和欢迎来宾的套话，还有玻璃碰撞的声音。她母亲让她尽快下楼。她眼前三件礼服中的任意一件都是不错的选择。母亲不懂，自己已让裁缝帮女孩准备了两件礼服，为什么女孩还是要翻出衣箱中的旧衣？她要下楼去和克洛克先生一起迎接客人了。她在五斗柜上给女孩留了一些耳坠和一枚胸针。她会派人去帮她梳头和穿衣的。她期待的一切终于到来了。女孩拿起床上的一件礼服，她对衣服上的每一个纽扣和领钩都了如指掌。

慢慢走下楼梯就是含蓄地引起在楼梯尽头的人们的注意。一个人抬起头，定睛看着楼梯，于是，整个大厅的人都一个接一个地抬头看向她了。然而，即便不是因为这个原因，克洛克小姐也还是会引起全部人的注意的。她觉得脚下的台阶软绵绵的，而自己的双腿则僵硬不已。她担心会踩到裙裾，担心会摔倒。一般来说，在下楼梯的人走下最后的石阶、进入人群当中后，旁人的兴趣便会转移到别的地方了。但这次却并不是这样的。在踩到实地后，克洛克小姐的到来几乎让在场的宾客感到不自在。那和她想象的不一样，她没想过自己会招来那样的目光。没有人预料会在宴会上看见她。她已经长得亭亭玉立了。不止一个客人感到吃惊，他们不禁用手掩嘴。克洛克小姐还没找到他。她在找那头卷发。人们为她让路，似乎她是一个天使或是一个在摸黑走路的小孩。她可能会看见他的背影，看见他正和宴席上地位最高的客人在聊天，互相拍着肩膀，笑着。她会吓他一跳。但她找到了面朝自己的他。他就像是那不安的走廊中的一根柱子，也想着要为她让道。她在他面前停下，朝他微笑。他微微点了点头，像向女士打招呼一样向她打招呼。而其余的人重新开始之前在做的事，却没有忘记她的存在。姑娘的美貌并没有让他想到之后可能会发生的事情。他在温室里认识她的时候，她已经是一个姑娘了。他从未见过摇篮里的她，也未见过骑在他人肩膀上的孩童的她，所以现在，他无法把眼前的姑娘再当作一个小孩子了。在他眼中，她就是一位女士。她说了声抱歉。尽管她只想留在他身边，但她的义务就是在宴会开始时留在父母身旁。

克洛克夫人尝了一块鹅肝夹心饼干。在她吞下第一口饼干的时候，看见女孩穿过大厅朝她走来。人们从来没给女孩梳过那样的发型，而女孩身上穿着她的旧衣。我们要怎么才能控制自己的心脏跳动和那些从未高声说出的愿望呢？克洛克夫人很清楚，绿色的礼服无法掩盖她脸上的斑点。她也曾经像她女儿那样，像那女孩一样，是一个年轻的、无瑕的姑娘。那脸庞，那已无法挽回的年轻的脸庞。只需要一瞬，她心中嫉妒的种子就可以开出花朵。但当那势不可挡的新芽要破土而出时，管家打断了她的思绪。他很抱歉打搅她，但他想知道，是否可以正式上菜了。管家说着，克洛克夫人却几乎没有听进去。那嘴角边的黏稠的口水，也许只有她才看见了吧？在她嫁入克洛克家前，格鲁姆先生已经在宅子里工作了，克洛克先生很尊敬他。她厌烦地动了动嘴唇。是的，可以上菜了。管家嘴唇的画面仍在她眼前，她只得将另一半饼干放在托盘上。

烤乳猪很受客人欢迎。用世上最聪明的动物之一所烤的肉是宾客们最喜欢的主菜之一。而布瓦特夫人则更喜欢三文鱼。相较于红肉，她更喜欢鱼肉。但是，自从那个日本渔民在公海看见她的女儿后，她在吃鱼时总会感伤。盘子从桌子的一端送到另一端，贝文伯爵就提出要开始跳舞。那是让人优雅地失去平衡的一个最好借口。晚宴选用的红酒是极好的，而有好几次，他都差点儿跌倒，他的好友——伯纳德先生不得不扶着他。

在和其他受到严格挑选后被邀请而来的宾客聊天的时候，年轻的麦隆先生陷入了进退两难的困境。舞会快要开始了。他要请克洛克小姐和他跳一支舞吗？不管怎么说，她都是主人家的女儿，邀请她跳舞是最合适不过的了，也几乎是一个年轻人对另一位年轻女士应该做的事情。不过，在场的其他人会接受他这一举动吗？年轻的麦隆先生努力在和他聊天的人面前假装镇定，有问必答，但他的脑海中却不断思考着这一决定，因为实际上，真正的问题是：他对克洛克小姐有特别的关注和兴趣吗？当他看见姑娘确定出席宴会时，他在心中舒了一口气。她的出现就意味着，不管她参加宴会这个决定是对是错，但她的出席以及随之而来的事情，如和宾客讲话或跳舞等等，都是得到她父母的允许的。有好几次，他们俩都交换了眼神。克洛克小姐一直在克洛克夫人身旁。小伙子深呼吸，眼睛盯着自己的目标，开始走向姑娘。但是，在他还只迈出了一步的时候，一只手紧紧地捉住了他的手臂，硬生生地把他拽住。那是丧夫的麦隆夫人。你想去哪里？麦隆夫人是他的母亲，也是一位值得尊敬的、受人敬重的女士，因此，她不光有第六感，还有第七感——不管她那年轻的继承人要接近哪位女士，或者哪位女士要接近他，所有的老夫人们都会看在眼里，并把事情传到麦隆夫人耳中。那次宴会上有不少老夫人。舞会已经开始了。

"你真的以为有人会邀请她跳舞吗？"母亲的话让小伙子恢复了理智。

于是，年轻的麦隆先生后退半步，垂下了仍被寡妇牢牢抓住的手臂。他看了看自己的四周，突然间感到很羞愧。他的母亲说得对，他怎么会冒出这样的想法，想去邀请她跳舞呢？他脑袋里究竟在想什么呢？他除了结结巴巴地说话外，还能和她聊什么呢？年轻人避免了这出闹剧的发生，走到离姑娘更远的地方。在晚宴余下的时间里，他都谨守自己应在的位置，聊着经济和政治，交交朋友，甚至还遇见了父亲的一位老朋友，和他聊了聊生意。麦隆夫人平静下来,危险已经过去了。她插手阻止儿子的行为是正确的,她的儿子是一位模范青年,有些时候却还是会有年轻人特有的冲动。但他所继承的遗产是不允许他这样做的。在母亲的允许下,这位年轻的继承人被介绍给不同的女士,但他离舞池很远。他不想跳舞,在没有人注意的时候,他还是会看向她。

那是一个宁静的晚上。在面朝花园的一个露台上,玛格丽特阿姨背对舞会,吸着冰冷的空气,从鼻子呼出热气。克洛克小姐也离开了舞会。就像麦隆夫人所说的,没有人邀请她跳舞。克洛克小姐看着自己在玻璃上的倒影。她看到,这件她那么渴望在众人面前穿在身上的礼服在她身上死去了。她看向窗外,露台上有人,那是玛格丽特阿姨。女孩拿起一件大披肩,走上露台。

"阿姨,你会着凉的!"

她给阿姨披上披肩,两人在披肩下依偎着。

"我喜欢寒冷,"玛格丽特阿姨说,"寒冷让我想起很多事情。"

屋外的寒冷是刺骨的,但两人很快就习惯了。两人就这样紧靠着对方,很快就不再颤抖了。在露台上,玛格丽特阿姨和克洛克小姐看着最早告辞的宾客离去,听着最后的舞曲。

在和所有的宾客道别后,克洛克夫人在自己床边的镜子前散下了头发。克洛克先生还在楼下。克洛克夫人的房门半开着,正在回自己房间的女孩从门口探出了头。很快就要天亮了，他们要睡觉了。女儿在门口给她道晚安。寒冷和失望都没能让那无瑕的美貌失色。克洛克夫人回头看向镜中的自己，女儿的脸和自己的脸在她眼前重合。女孩和她长得太像了，像她那已失去的青春。为了不让两张脸混在一起，母亲控制着自己的思绪。疲倦让她无法继续思考，她很快就睡着了。但是，当我们在晚上睡觉时，我们每个人都会拿起那把钥匙，打开一扇又一扇的门，打开那些我们在白天都不知道它们存在的门，打开那些我们在说起自己所做的梦时不会提起的门。克洛克夫人开始做梦了。她又回到了舞会上。梦境非常真实，她看到女孩正穿过大厅走向她。她向前走着，身边的人在跳舞。跳舞的人或从她旁边经过，或在她面前走过。她隐隐约约地看到自己的女儿，但当女儿走到她面前时候，那人已经不是女孩了，而是自己的母亲——已故的斯坦姆夫人。她脸上挂着什么，她的下巴那儿挂着一条粗线。克洛克夫人有点焦躁地扯下那条线，母亲嘴边那条深深的皱纹自下而上地打开了。就像是一个布娃娃一样，那些针脚都崩开了，从下巴到鼻子再到头发，从五官到腰间，她的母亲被完全打开了。她的脸和背像一块果皮一样折叠起来，而从她的身体里冒出了衣箱里的旧衣服。其中一件礼服在其余衣服中游走，似乎有人在拉扯着它。那是她的女儿，她穿上了这件礼服走远了，消失在人群中。克洛克夫人紧紧捉住女儿身上的礼服，在女儿转身的时候，女儿的脸变成了一串葡萄。克洛克夫人用手挤压那些葡萄，她紧握拳头，汁水沿着她的手臂流了下来。

已经是中午一点了。用人们起得比平常要晚，但他们还是很早就起来了，好收拾夜里宴会留下的东西。他们每年都是这么做的。他们会准备好一顿丰盛的早餐，这样人们就不用吃午饭了。然后再视情况和胃口，决定提早或推迟下午茶的时间。克洛克夫人刚从她的卧室下楼来，她很累，但在夜里睡得不错，已经得到了休息。她让最年轻的那个女佣去叫醒女孩。女佣上到二楼，敲小姐卧室的门。小姐没有回答，女佣就以为她还在睡着。她打开门，但窗帘已经打开了，女孩不在床上。女孩已经起身了，她背对着门，正在挑选衣橱里的衣服。她嘴里哼着欢快的旋律，也许是前一天晚上的一段音乐。她还穿着睡裙，头发乱糟糟的。

"小姐？"

于是，女孩回过头来，对女佣露出了微笑。女佣的右手放到胸口上，发出了一声低沉的叫声。看到对方脸上的表情，克洛克小姐也吓了一跳。她看了看周围，没有发现什么东西可以让女佣有这样的反应。她向女佣走了一步，但女佣后退一步，再后退一步。不知所措的女孩想要走近，而女佣则一步步后退，直到到了楼梯旁，跑下了楼梯。女孩跟着女佣，但在石阶上停下了。而她的父亲——克洛克先生站在楼下，难过地看着她，日报从他手中滑落。其中一名女佣注意到了同伴的动作。听到声响的管家前来维持秩序，克洛克夫人最后才赶到。他俩和克洛克先生一样，身体僵住了。没有人说话，他们只是看着她，于是她开始感到害怕。克洛克小姐低下头，看着自己没穿鞋的双脚。她看了看自己的双手，那不是她的手。她的心怦怦直跳，觉得好像氧气不够了。她将目光从双手上移开，看向那些惊讶地看着自己的人，转身沿着楼梯往上跑。

"不！"她的母亲大喊。

克洛克夫人跑着跟在她身后。她知道女孩在找什么。在二楼，在通往她卧室的走廊的墙上，挂着一面大大的全身镜。在她成功阻止女孩之前，她听到了一声大叫。女孩的头发白了，脸上有了斑点。女孩看上去比母亲更加年老。

女孩感到眩晕，人们将她扶到床上，叫来了医生，医生给她注射了镇定剂。几个小时过后，当女孩醒来时，天已经黑了。一天过去了。房间里没有人在陪着她。她感到不知所措。她起身，穿上鞋子，披上长袍。宅子很安静。她在走廊上走着，看见父母的房间有光透出。当她走到离门口几米远的地方时，她听到了说话声。那是她的父母在说话。她站在门边，听着他们在谈论关于自己的事儿。父亲的声音中带着悔恨，而母亲的声音则非常悲伤。现在，一切都很清楚了，女孩不会有子女了。他们将不会有子嗣。她还能活多长时间呢？医生也是和他们一样茫然，他无法给出任何诊断结果，也不能做出任何预测。尽管在他的行医生涯中，他见过很多出生就死去的生灵，但这情况很奇怪，这是他见过的最奇怪的案例。面对这些情况，人们只能等待最后的结局。结局的到来可能是一天两天、一个月两个月，也可能是一年两年。母亲开始哭泣。父亲向她说着医生所说的话。那不是任何人的过错，他们也不能再做些什么了。

克洛克小姐向自己的卧室走去。在走廊上，她在全身镜前停下了。几个小时前，这面镜子向她展示出了那让这个家庭的希望夭折的模样。她躺在床上，想要明白刚刚听见的话是什么意思。出生就死去是什么意思？为什么他们说到"过错"二字？是谁的错？是她自己的错吗？她的身体发生了变化，但她思考时脑海中的声音还是一样的。她更喜欢自己之前的容貌，但为什么只能等待最后的结局呢？那一天两天、一个月两个月、一年两年又是什么意思呢？

距离圣诞节后那件事的发生已经过去两天了。克洛克小姐在温室里移植花朵。她的母亲坚持说，那还不是移植花朵的时候，但她从来没有侍弄过花草，想要试一下。她的母亲让步了。这样，女孩可以自娱自乐，而她自己也不在乎牺牲一株兰花。女孩独自一人，她的头发扎起来了，穿着母亲的一条围裙，好侍弄花草。在宴会后那天进入她房间的那个最年轻的女佣走到她身旁。她尽量弄出声响,好避免吓到女孩。克洛克小姐回过头来,女佣对她道早安。她想要为自己在那天早上的行为道歉,女孩应该知道她说的是哪个早上。女孩露出微笑,带着比之前更加深邃的目光,让女佣不要担心,说自己当时让很多人都惊讶不已。女佣准备继续干活,而克洛克小姐则试探地问她,可否向她提一个问题。当人活着的时候,他们知道自己能活多久吗?女佣不知道自己的回答对于女孩来说会有多重要,她尽自己能力真诚地作出回答。不,没有人知道。她曾有一个只活了两个月的弟弟,而她的祖父则活到八十九岁。在她弟弟出生时,全部人都说弟弟长得像祖父。克洛克小姐向她道谢,然后继续侍弄她的花草。女佣快步走出温室。她不知道,自己的弟弟和祖父的故事,以及两人长得很像这一事实,是否真的和问题有关。也许她说得太多了。她的母亲总让她少说话。但是,有时候,直觉比理智更能让我们准确说出我们应说的话,更能让我们准确说出想说的话。女孩一边侍弄着兰花的根部,一边想起了前一天晚上听到的话。为什么她的情况很奇怪呢?如果真的如女佣所说,没有人知道自己能活多长时间,那为什么他们想要知道她自己能活多久呢?如果她的生命长度不可确定,那能度过一天两天、一个月两个月、一年两年不是一种喜悦吗?听父母的对话,是医生说无法预测的。女佣的弟弟只活了两个月。她已经比那个男孩活得要长了,长很多。她不明白这件事情有什么悲惨的地方。从那时起，她开始更加留心地观察身边的大人，他们的行为，他们是怎么度过一天的。既然他们总是做着一样的事情，那为什么他们如此担心时间的流逝呢？

在克洛克家晚宴的一周后，圣诞节到了。在宅子里，克洛克夫妇和用人们都不敢确定他们已经习惯了女孩的新面貌。她的态度一直很平静，也减轻了此事的影响。那是圣诞节午餐，三人坐在餐桌旁。他们都不说话。在吃着主菜时，父亲开始谈论汇率的变化。克洛克夫人点着头，偶尔看他一眼。尽管她没有在听，但她觉得，假装感兴趣总比无动于衷要好。突然，克洛克夫人停止了咀嚼，她紧闭着嘴巴，运动着口腔的肌肉，直到找到她要找的东西为止。她先是用舌头碰了碰那东西，脸上露出的表情暗示那东西让人非常不快。她带着一脸恶心，将手放到嘴边，用舌头把那东西推出嘴巴，双唇微启，用大拇指和食指拿出了被她刚刚嚼着的面包所包裹的东西。她小心翼翼地将那东西放到盘子的一边，立刻用手指把那东西清理干净。克洛克先生对此不太理会，继续讲着自己的事儿。克洛克夫人一边看着那奇怪的东西，一边拿起杯子，想要喝一口水。但她没有喝下去。

"一颗牙齿。"克洛克夫人用低得几乎听不见的声音说道，胃部感觉到一阵痉挛。

做面包的面团是在宅子的厨房里揉的，而厨娘的其中一个缺点就是牙口不好，因此她无法尝到她做的菜的味道。如果有什么是克洛克夫人厌恶的东西的话，那就是一口烂牙。她的舌头还能感受到厨娘的那颗牙齿。她感到一阵晕眩，将椅子推离了餐桌。她的丈夫试探着，却不明白为什么她突然提起厨娘。在克洛克夫人一边看着盘子，一边第十次想要呕吐时，女孩发现，这起事件的关键在她母亲的嘴巴里。自中世纪起，人们就想方设法想要在牙齿掉落的时候装上和真牙一样的假牙，注重护理口腔的克洛克夫人当了无数次小白鼠，而医生则保证在无数次实验之后会有成功的技术。尽管如此，似乎这一技术还需要更多的研究和试验。

"妈妈，那是你的牙齿。"女孩不得不再重复一次，终于让克洛克夫人用舌头扫过嘴里的牙齿，找到了一个空位。

女孩笑了，但克洛克先生还不知道妻子的眩晕和盘中的东西有什么关系。克洛克先生问着究竟发生了什么，于是，克洛克夫人也笑了起来，没法和丈夫解释了。克洛克先生越加疑惑，这让母女俩笑得更加乐不可支。最后，笑出眼泪的克洛克夫人将自己口中的空位和盘中的牙齿指给丈夫看。而在说到厨娘的时候，已经笑出眼泪的两人又大笑起来。

时光飞逝，一月过去了。那是人们记忆当中最寒冷的一个一月。大雪连续不断，洒在雪上的阳光也显得暗淡。克洛克夫人无法不一遍遍反思那一桩桩事情。她走进女孩的卧室，但女孩在温室——现在，侍弄花草成为女孩最爱做的一件事儿。看着四周那粉红色的墙纸，克洛克夫人似乎还能看见当初画家在墙上画上白色小鸟的情景，画家还回头问她是否满意他的作品。"对，这正是我想要的。"她当时是这么回答的。那情景只过去了几个月，但似乎已经是好久以前的回忆了。卧室的装饰是为新生的婴儿而设计的，但现在已经不合时宜了。也许绿色更加合适，或是更深一点的粉色，还要把墙上的鸟儿盖住。看着孩子在这样的房间中睡觉让她感到很奇怪。她会和丈夫说说这事，女儿肯定也会喜欢这个改变的。第二天，如果天气好的话，她就去选墙纸。

对于克洛克小姐来说，在温室里照顾花草让她感到高兴。但一切都太干净了：温室里没有昆虫，如果有的话，人们也会让它们消失。尽管为了温室的美观，温室中种了很多植物，而其中一些更是很难生长，但那些植物被照料得很好，长得非常茂盛。春天还有多久才会到来呢？克洛克小姐透过玻璃欣赏着屋外的雪景，想着大雪下藏着的东西。人们都说，四季更替，循环不止。但是，当你只度过了一个春天、一个夏天、一个秋天和一个冬天时，你就很难相信所有人都确信的说辞，很难相信冬天过后会有春天。也许大人们和昆虫是一样的，他们不是无聊，也不是自欺欺人，只是和其他动物一样，经历着春去秋来、季节更迭而已。但愿他们说的是对的，但愿自己能再一次看见曾经见过的风景。那时候，她还不知道鸟儿在冬天是怎么生活的，也不知道花儿其实只是美丽而脆弱的存在，花朵最终会变成果实。温室的玻璃蒙上了一层雾，女孩曾用手擦拭，想看看外面，但那痕迹也重新变得暗淡。女孩坐在玻璃前，直到昏暗的天色让她再也看不清外面的事物，直到眼前剩下的只有自己呼吸的热气。她转身背对玻璃，将下午余下的时间都花在照料兰花上。

在三月初的一天，天气突然好转。那天的天气好得简直不像三月的天气。尽管人们已经知道三月的天气是怎么样的——也许在明天就会吹起寒风，阳光又会变得奄奄一息——但也许是因为生命短暂，所以昆虫们都享受当下。它们趁着阳光以及暖和的天气，纷纷从藏身之处出来，似乎在前一天晚上就已经知道要第一时间准备好了。它们轻易地从昏睡变得忙碌起来，有点不知所措地到处跑着。这一变化也让鸟儿精神倍增，一些花儿也绽放了。一只小小的金龟子停在玻璃上，从阳光中汲取能量。和往常一样，克洛克小姐醒来了，她起床，穿上鞋子，拉开窗帘。阳光充满了那贴着像植物一样的绿墙纸的房间。那只昆虫仍在玻璃上，女孩只能看见它的胸腔。她敲打着玻璃，但昆虫一动不动。她敲得更加用力了，昆虫张开背上的翅膀，飞到空中。金龟子飞离了玻璃，沐浴在灿烂阳光中，在克洛克小姐的视线中消失了。玻璃是温暖的。如果可以的话，她真想跟在金龟子身后。吃早餐时，她显得有些不安。鸟儿起劲地叽叽叫着。饭厅里只有她和母亲两人。为了处理事务，克洛克先生比往常更早出门了。母亲注意到女孩一直看着屋外，就提议说到花园走走。她们穿上大衣，但不久就把大衣脱下了。花园中的花草并不像夏天时那么繁茂，但已经是克洛克小姐记忆中的那副模样了。鲜绿，鸟儿，阳光，花朵，昆虫。一只蜜蜂在她身边打转。克洛克小姐并不害怕，但克洛克夫人却用手想要把它赶走。于是，母亲的动作自然而然地吸引了蜜蜂的注意，它丢下女儿，转而飞向母亲身边。克洛克夫人双手在脸庞边上挥动，害怕熊蜂会飞进丝带或头发里。她大叫着，而克洛克小姐则笑着。她躲到女儿身后，而熊蜂则在女孩的注视下飞到她们头顶一米的地方，往别的地方飞去。能摘的花儿并不多，于是两人就在花园里散散步。女孩向母亲指着她所看到的有趣的东西。突然，她离开了母亲身边，小心地走了两小步，又走了一大步，弯下身子。几秒后，她直起身子，双手拢成一个笼子，回到母亲身旁。她走近母亲，举起盖在上方的手的拇指和食指，将她捉到的昆虫给母亲看——那是一只绿色的小蚱蜢。女孩高兴地将手靠近母亲，好让她能细细欣赏这小昆虫。当女儿认真地观察着这小虫子的时候，母亲抬起了头。克洛克夫人从来没有像她那么入迷地研究过什么，即使是钻石也没能让她如此着迷。克洛克小姐看着蚱蜢，而克洛克夫人则端详着女孩。手中还拿着蚱蜢的女孩突然毫无征兆地看向母亲，说："看到这些东西让我感到很高兴！"

克洛克夫人感到喉咙一阵哽咽。她刚听到自己每晚睡前都想掩盖的问题的答案，即使在最平静的时刻，她都没有想过答案原来如此简单，也从未想过答案是从女孩口中说出。那些话构成了一个完美的圆环。她想要生命，而她拥有了生命。女孩将右手从左手上拿开，打开了笼子，将左手放到草地上。蚱蜢跳了出去。那天中午，克洛克夫人吩咐将午餐推迟一个小时，却没有解释原因。她以为下午会变天。但正如昆虫们所知道的那样，天气并没有变化。在午饭后，克洛克小姐又再次来到了花园。她在花园里玩耍，而克洛克夫人则坐在大厅的沙发上。她不知自己的希冀与女孩的命运之间是否曾有过一丝联系，但她还是打破了自己定下的规定，用尽所有力量许下愿望，希望女儿那让人不安的变化可以停止。天色变暗，太阳在山峦上恋恋不舍。在花园中，那微橙的光线落在克洛克小姐脸上。女孩站在草地上，直到太阳下山，太阳的最后一丝余晖消失，实现了一个比克洛克夫人的愿望更加卑微的愿望。

在父亲到家的时候，夜幕已经降临。克洛克夫人没有向他提起早上的事情，但是在晚餐时，尤其是她在睡前梳头时，克洛克先生发现妻子有点什么不一样了。妻子让他想起自己已故的母亲——年老的克洛克夫人重新看到自己的兄弟时的场景。克洛克先生的舅舅因为自己的疯狂举动而失去了所有遗产。他用一块手表换了一间田间小屋，就在那儿隐居。在得知这一让人吃惊的消息后，老克洛克夫人不再和他联系，绝口不提自己的兄弟。当她老去时，一天，在反思自己过去行为的对错时，她心生怜悯，决定去拜访他。在出发的前几天，她和丈夫讨论，如果弟弟向自己要钱，他们要怎么回答。他们甚至还说到了要给多少钱。她不知道弟弟会怎么迎接自己，也不知道弟弟会怎么责骂自己，但她早在好几年前已经准备好一套说辞了。在到了弟弟那简陋的小屋时，在她眼前的是一个生活平静、不缺衣少食的男人。他们一起吃午饭，整个下午都在聊他们的亲戚、他们认识的人和他们的童年。弟弟没有提到钱的事情，而沉浸在回忆中的姐姐也没有想到钱的事情。在他们离开前，弟弟送给他们一块奶酪。到家后，老克洛克夫人坐在餐桌旁。当时的小克洛克先生和他的父亲散步后回到家，发现母亲坐在桌旁，她的面前摆着奶酪，脸上的表情似乎是后悔，又似乎是原谅了整个世界。

那天早上，在那三月不寻常的春日后，天气又变凉了。在吃早餐时，女孩抱怨身体不舒服。管家的膝盖不好，天气一有变化就会感到不适。但是，到了第二天，管家的关节已经不疼了，克洛克小姐却仍感到疼痛。时间一天天地过去了，女孩的身体情况不断变差，她的头发都失去了颜色。三月中的一个早上，一个女佣走进餐厅。女孩的父母正等着女孩下楼吃早餐，但女佣对克洛克夫人低声说了几句话，告诉她格鲁姆先生请她过去。克洛克夫人跟着女佣。但当她知道女佣要带她去哪儿时，她就抢在侍女前头。在石阶尽头，管家正扶着一个老太太下楼梯。他看见她走出房门，没人搀扶，也没拿拐杖，走得很困难。克洛克夫人赶紧走上楼梯，扶住女孩的另一只手臂。女孩回头看她，但克洛克夫人不知道，女孩是想说自己也对这个情况感到迷茫，还是想谢谢她的帮助。管家、女孩和母亲慢慢地走着，女佣和一个小伙子站在石阶尽头一动不动。他们的脸上没有惊讶，只有悲伤和恐惧。在走下最后一级台阶后，克洛克夫人示意，并对管家说自己一人扶着女孩就可以了。感到不安的克洛克先生起身离开了餐桌，想要看看是否一切安好，却在通往餐厅的路上碰见了她们。

他们没有找医生，医生上次已经说得很清楚了，这不是人力能控制的事情。每个早上，克洛克夫人都走进女孩的房间，帮她穿衣梳洗，因为女孩已经无法自己完成这些事情了。从几个月前开始，女孩已经不在厨房里吃早餐了。但有一天，就在母亲为她梳头的时候，她第一次没由来地生气了。不管怎么样，她都要到厨房吃早餐，她觉得在饭厅吃早餐太无聊了。这些话让克洛克夫人很吃惊，她不知道这是女孩的真心话还是气话。为了让她可以好好梳头，她不得不答应女孩，在她梳好头之后就可以下去厨房吃早餐了。那是三月末的一个早上，管家不同寻常地延长了用人们喝咖啡休息的时间，最年轻的女佣将洗好的刀叉擦了两次，也没有人觉得异常。所有人都希望克洛克小姐可以再次来到厨房和他们作伴。她坐在她经常坐的位置上，面前放着一碗牛奶，向用人们问着关于他们童年、故乡和爱人的事情。常常笑着却不怎么说话的厨娘向她讲了自己在年轻时候爱上一名男子的故事。在她讲故事的时候，厨房里只能听见厨娘的声音和柴火燃烧的噼啪声。在女孩吃完早餐后，用人们陪她到花房。她拄着拐杖在兰花间散步，但很快就累了，决定要上楼休息，到午餐时间才下来。克洛克夫妇正坐在餐桌旁，女佣端着汤羹走了进来。

"需要我去叫醒小姐吗？"她问道。克洛克夫人心中出现一丝预感，起身离开餐桌。

"我去就好。"她回答。

她走到石阶旁，一级一级地走上楼梯。她走过二楼的那面全身镜，慢慢走近了女孩躺着的床边，握住女孩的手，坐到她身侧。她的脸上满是泪水，将脸庞埋到女孩已经静止的胸膛上。

克洛克夫妇不希望宅子以外的人看到她。当亲戚和朋友看见棺榕时，最好还是想起他们最后一次看到她时的模样——那样纯洁的她正穿过晚宴的舞厅。在葬礼前，他们将所有的用人叫来，请他们在关于宅子和女孩的事情方面谨言慎行。克洛克先生不再多说，他相信他们。当用人们要继续干活、好在客人到来前收拾好宅子时，克洛克夫人叫住了一个姑娘。那是前一天早上负责收拾小姐房间的侍女。她想知道，侍女是否看见房间墙纸有什么奇怪的地方，是否有破损，但姑娘记得当时一切正常。克洛克小姐的尸体已经不在房间了，守灵安排在大厅。克洛克夫人又走到自己女儿的房间里。她眼前的这碎块只能是女儿在花房散步后、在休息前揭起的。克洛克夫人穿过房间，伸手靠近墙上那被揭起的一小块绿色墙纸，用手指轻抚暴露出来的墙纸上的白色小鸟。

卡特琳娜

卡特琳娜·珀克兹基的父母在鱼店工作。下班后，他们可以拿走一些快要坏掉的鱼。因此，除了皮肤和衣服上残留的鱼鳞和鱼腥味以外，卡特琳娜的父母还会带着鱼肉回家。海鱼的气味已经渗入了她家的每个角落。甚至当珀克兹基一家难得吃别的肉时，厨房里还是弥漫着一股挥之不去的鱼腥味。

卡特琳娜刚满十三岁时，她在一家女装店做学徒。在那儿工作的卡特琳娜收到了老板的警告。那是因为一位客人的投诉。客人说，刚刚给她送去的套装散发着奇怪的气味，还惹来了很多猫咪。卡特琳娜给母亲说了这事。珀克兹基太太提醒卡特琳娜，家里需要她的这份工作，之后，就命令卡特琳娜，从第二天起早点起床，每天出门上班前都先把双手放在水里泡一阵子。第二天一早，在看着水桶里那逐渐变软的双手时，睡眼惺忪的卡特琳娜想起了面包店店主的小宝宝。她只见过他两次。第一次是面包店女主人带着宝宝来敲她家的门，好让珀克兹基一家看看新生的婴儿。那时候，他的眼睛还是蒙眬的。第二次就是像那天一样的某个清早。面包店女主人抱着宝宝在院子里垂头丧气地走着。婴儿皮肤发黑，已经死了。没有人知道婴儿夭折的原因。面包店夫妇问过医生，而医生只让他们去找神父。只有有钱人才能问那么多的问题。

"当时宝宝还没有足够的免疫力。"有人这么说道。面包店夫妇也不需要再解释什么了。这句话就成为他们生命中的一部分。

泡在水里的双手发皱了。卡特琳娜眼前又浮现出那个被世界氧化了的婴儿的模样。在那个清晨，坐在院子里，望着通向邻居家的楼梯，卡特琳娜第一次感觉到恐惧。她害怕，那么多尚未有宿主的无形厄运，会通过她这双因泡水而发软的双手进入她的生活。

就这样，卡特琳娜·珀克兹基养成了在走路时把双手放口袋里的习惯。如果不是必须的话，她尽量避免用手触碰别的东西。她也不再触碰她的父母。而珀克兹基太太并没有察觉小卡特琳娜内心的恐惧。她只是发现，为了不再染上鱼腥味，她的女儿已经不再和他们拥抱了。她对女儿说，这么做是对的。卡特琳娜在女装店的工作可以让她过上比现在更好的生活。就这样，在女装店当学徒的卡特琳娜不断长大，满十六岁了。在她满十九岁的时候，距离她成为女装裁缝已经过去三年。那时，她已收着足够高的工资，可以只在周一到周六过着从家到店里再从店里到家那两点一线的生活，而在周日休息。

在一月的一个晚上，一个红酒商人的妻子受够了丈夫的不忠，去了市中心一栋楼房。她丈夫的仓库就在那栋楼。她拿了一把椅子，然后踏上椅子，在横梁上挂了一条绳子，在确认了绳子够结实后，又把长的一端对折，打了个结实的绳结，再从椅子上走下来，之后在仓库中找来一把斧头，用尽力气、悲愤交加地打碎了所有可以打碎的橡木桶。一瞬间，红酒覆盖了所有的东西。而在那个女人悬空的双脚下，波尔多红酒在地面流淌，从门缝滑出房间，顺着楼梯往下蔓延，一直流到地下室的女装店。

第二天，像每个早上一样，卡特琳娜把双手放在口袋、弯着身子往前走着。在拐过最后一个转角后，她听到一阵在这个时间不寻常的喧哗，于是突然停下了脚步。女装店主人、店里的一个女装裁缝、一个新来的女学徒、一群邻居、楼房的主人和两个警察站在街上，面朝通向工作室的楼梯。新来的女学徒不安地看向卡特琳娜，并把她所听到事情的前因后果都告诉了卡特琳娜。女装店被淹了，但淹没女装店的不是水，而是红酒。红酒来自楼上的房子。现在还没能找到楼上仓库的主人。人们派了一个小伙子去找他，而一个女邻居则对小伙子说，已经好几天没看到楼上仓库租户的人影了。楼房的主人有备用钥匙，大家开门进去，于是便发现了那死去的女人。

女装店的员工们已经尽力了。那天晚上，天花板漏水，红酒把所有工作桌都浸湿了。清水和肥皂发挥了作用，但人们还是得等木材干透。在当天预定的下班时间前，东家就让全部人都回家了。

卡特琳娜已经不记得上一次在工作日于市中心这么不慌不忙地散步是什么时候了。那天，她不需要跑着去交付包裹，也不需要去领回顾客不满意的衣服。这让她感到很奇怪。她感觉自己似乎在玩忽职守，或在浪费时间。她打开零钱包，想看看自己身上有多少钱。然后，她决定为自己破例一次——她没有直接回家，而是走进了一种陌生的日常。

在那个十一月的下午，在城市的另一个地方，布瓦特夫人没有外出的心情。那天早上，亨德克斯双胞胎姐妹带着她们那四条波美拉尼亚犬来拜访布瓦特夫人。所有喜欢八卦的人都会喜欢亨德克斯姐妹的来访。随着午饭时间的临近，双胞胎姐妹就准备告辞了。但就在这时候，也就在几秒钟的时间里，其中一条小狗突然在客厅各处留下了肠胃不适的"样本"。自丈夫去世、填上了债务这个大窟窿后，布瓦特夫人便没有能力再买新的物什或维修旧的物什了。也许是出于这个原因，布瓦特夫人非常爱惜家里的物件。在那一瞬间，她感觉自己就像是地毯的纤维一样，不可避免地感受到了那酸性物质的味道。尽管如此,她还是保持镇静。她不希望在这个阶级的成员面前失礼——她已不再属于那个阶级了,但她还是把自己当作那个阶级的一员。她表现出此事对她来说无关要紧的态度。直到关上了大门,她才表现出心中的不悦。

午饭时,布瓦特夫人的哀叹并没有打动她的儿子。和他母亲那紧张的状态相比,更让马塞尔·布瓦特担心的是厨娘煮的饭菜分量不够。上午发生的事情让布瓦特夫人想起了以前那优渥的生活,也让她对未来更加悲观。布瓦特夫人没法适应丈夫死后留下的生活,隔三岔五地就会像那天那样回忆过去和预测未来。于是,年轻的马塞尔再次回到自己的世界,只专心对付眼前的土豆炖鸡肉。

两个小时后,马塞尔·布瓦特离开房间,走到楼下。他穿着大衣,戴着手套。他母亲在客厅,正拿着一块湿布,给家里除厨娘以外的唯一一个女佣下指令。那是他们可以继续聘请的仅有的用人了。布瓦特夫人压根儿不想踏出家门半步。小伙子只能自己一个人去喝下午茶了。

透过大厅的玻璃穹顶,人们可以看见逐渐染上暮色的天空。街上的寒冷恰恰是这家店最好的盟友。店里座无虚席。马塞尔·布瓦特一边跟着服务生走走停停,一边注视着坐在桌子旁的客人们正在品尝的甜点。这可以帮助他选择自己的甜点。顾客很多,女士们的帽子遮挡了他的视线。他不想等着消失在大厅另一端的服务生再回来自己的桌旁，所以他一坐下就点单了。他要了一份奶油馅蛋糕配鲜草莓和一杯茶。

马塞尔·布瓦特那又短又粗的手指将小勺子穿过蛋糕，按压到奶油中。只有在确认茶是否还烫嘴时，他才会把视线从盘子移开。似乎没有什么能让他在这个一天中最快乐的时刻分心了。但是，他面前桌子旁的一个让人愉悦的未知影子吸引了他的注意。那令人陶醉的事物并没有阻止他继续狼吞虎咽，但他从未见过和那一样的东西。那是一块巧克力馅的巧克力蛋糕，外面覆盖着巧克力，伴有许多不同的糖浆腌渍的水果。不幸的是，他没有带足够的钱——他母亲把钱给他时是非常精打细算的，他没法再点第二块点心了。他只能用眼神享受着这份美味，欣赏着它那幸运的主人是如何把它放入口中的。那是一位年轻的女士。她身材娇小，身上笼罩着一股忧郁的光彩。感觉到对面桌子有人在看她，她抬起了头。她发现，目光的主人是坐在对面桌子的一位看上去很强壮、面容和善的男子，那人正在看着她，或是看着她的点心。似乎那人从来没有见过她或她的甜点。

在那块巧克力蛋糕配水果出现的四个月后，在两人背着双方父母偷偷交往了一段时间后，马塞尔·布瓦特向年轻的卡特琳娜·珀克兹基求婚了。马塞尔嘴里还有茶食碎屑——为了缓解紧张，他在口袋里装满了茶食。而卡特琳娜则握紧了口袋中的双手，接受了求婚。

珀克兹基夫妇非常开心。这桩婚事简直就是上天的恩赐。一个平庸且姿色平平的女孩和一个有学识、有地位的小伙子结合了。相反，布瓦特夫人则对这个消息非常不悦。最让她生气的是，这个从未到布瓦特夫人熟人那儿面试的儿子最后竟然接受了一份码头的工作。这都是那女孩的父亲积极走动的结果。女孩的父亲一辈子都在鱼店里工作，生活贫苦。那个消息最终传遍了整个社交圈。现在，对布瓦特夫人来说，女公爵和将军的那两位女儿——亨德克斯姐妹的一条狗在地毯上留下的粪便简直就是礼物了。在那样的不幸之后，谁还会想和她来往呢？她会成为上流社会的笑柄的。

尽管布瓦特夫人的批准并非必需的，但马塞尔·布瓦特已在自家客厅中听了足够多的流言蜚语，他心里很明白：家庭间的分歧最终会演变成难以修补的裂缝。虽然他表现得很冷漠，但他已经失去了父亲，他需要母亲的批准才能结婚。

当小伙子走近他的母亲时，当他在成年后第一次握起母亲的手时，布瓦特夫人明白，她的儿子是不会改变已经决定了的事情的。她手中的财富不多，她的条件不允许她远离自己的儿子。面对这个现实情况和每周有两次可以吃到鲜鱼的可能，布瓦特夫人让步了。

三月的一个周日，带着双方父母的祝福，马塞尔·布瓦特和卡特琳娜·珀克兹基结为夫妇。

马塞尔很熟悉自己的身体，相比之下，卡特琳娜对自己的身体就不那么熟悉了。但两人在此前都没有与别人发生过亲密关系。两人的结合并不是在第一晚发生的。他们在第一天有太多事情要忙活了。那是在第三晚发生的。在他们租的公寓里，两人躺在唯一的卧室里。马塞尔靠近卡特琳娜，卡特琳娜并没有躲开。年轻人的激情和两人的结合让他们得以在这张有人出生、有人死亡的床上孕育出新生命。但当天晚上，他们又再一次结合。两个年轻人感觉开启了两个世界。于是，就在受孕的瞬间，两个人之间出现了另外的什么东西，一个更为奇特的胚胎进入了卡特琳娜的身体深处。

白天的光亮从距离天花板一掌的两扇高窗进入到工作室中。从裁缝们的位置看上去，透过窗户，只能看见天空。卡特琳娜一般不会在工作中走神。有时候，她工作一整天都不会抬头。然后，她就像上班一样，一边弯着身子，一边看着隆起的肚子回家。因为那隆起的肚子，她已经看不到自己的鞋子了。

一开始，两人还以为，因为父亲的壮实和母亲的娇小，在母亲腹中的胎儿才会显得特别巨大。但是，在卡特琳娜怀孕四个月时，他们不得不雇用一个小伙子，好让他用小马车每天把卡特琳娜从家里送到时装店上班，下班时再把她从店里送回家。直到那时候，他们才清楚知道，卡特琳娜腹中的胎儿非比寻常。孕妇并没有害喜，也没有突然改变自己的饮食喜好。只是，越新鲜、越生的鱼就越能让孕妇口舌生津。马塞尔会买沙丁鱼回家，而卡特琳娜就像小时候一样，每天早上都会在水里浸泡双手，好让她那灵巧的指尖不在那精致的衣物上留下任何鱼腥味。

那是一个夏夜。卡特琳娜坐在扶手椅上——现在，她即使坐在椅子上也无法保持平衡了。突然，她把手放到腹部。她从来没感觉过那样的疼痛。自她妊娠以来都没遭过的罪一下子变成一阵刺痛袭来了。她蹲下了。而第二阵刺痛则让她倒在地上动弹不得。这还不是分娩的时候，胎儿才只有五个月。几分钟前，小伙子刚用小马车把她送回家，马塞尔也快要到家了。卡特琳娜深深吸了一口气，同时想要用双臂抱住那巨大的腹部。在她呼气的时候，第三阵刺痛袭来。她感觉身体深处涌起了大浪，那是所有水手看见都会眩晕的大浪，拖动着它所到之处的所有东西。大浪撞到了墙壁，又向卡特琳娜扑来，拖着她在客厅里移动。卡特琳娜碰不到地面了。她漂浮在从自己身体里涌出的液体中，这液体把公寓都淹没了。勺子、锅，还有父亲一个专门研究河鳟的解剖专家朋友给她送的结婚礼物——

一条被解剖的河鳟——从她眼前漂过。她本能地屏住呼吸，直到看见一群沙丁鱼游过她的指尖。她从来没有见过正在游泳的沙丁鱼，也没有见过闪烁着正在运作的大脑的光芒的、而不是看向死亡的沙丁鱼的眼睛。那些眼睛看上去并不聪明，但一条沙丁鱼也不应得到这样的责难。她分神了。不知不觉间，她恢复了正常的呼吸。就在那时候，马塞尔打开了公寓的门。他腰部以下都湿透了。液体沿着楼梯往下流，楼道上为数不多的东西都被冲到街上，和污泥融为一体了。马塞尔发现卡特琳娜在客厅的地面上，她全身湿透了，被吓坏了。她的腹部瘪了。她回头看她的丈夫，没法把刚刚的经历全部告诉他，只对他说了一件事：当她漂浮在液体中时，除了家里的物什和衣物外，她似乎还看见了一个人影。

客厅、厨房和卧室都乱七八糟的。一个水桶掉落到地面，一只勺子稳当地落在水桶上，角落里有几条沙丁鱼正活蹦乱跳，在公寓大门处还有液体汇成细流，卧室里有什么东西在动。马塞尔把地上的卡特琳娜扶起来。他们俩一起走了五步，走过了客厅，又走了三步，穿过了厨房。卡特琳娜又迈出了一步，马塞尔也跟着她迈了一步。到卧室了。从角落床脚的衣服堆里传出模糊的声音。卡特琳娜一动不动。马塞尔走上前，把衣服堆表面那皱巴巴的床单扯下。他慢慢地把衣服拿开，在衣服底下，他发现了一个刚出生的婴儿。那是一个皮肤白皙、眼珠漆黑的女孩。她正坐着。女孩向他们伸出了手。她看见他们了，并把他们当作自己的父母了。卡特琳娜一下子跌倒跪在地上，而马塞尔则小心翼翼地抱起了这个婴儿。

第二天早上，一个做木工工匠的邻居来看孩子了。三天后，他送来一个摇篮，想要给这对夫妇一份礼物。但女孩却放不进摇篮了。和三天前相比，孩子更胖了，也长高了一个手掌的高度。女邻居们都聚在门口，想要打听一下宝宝的情况，就连男人们也对此感到好奇。男人们大部分都不怎么说话，只有理发师情不自禁地说，似乎反而是卡特琳娜从女孩的肚子里出来的。听到这话，人群里的一个女人笑了。而女人们不得不在向卡特琳娜打招呼的时候假意或勉强地说几句什么，比如女孩的体形像爸爸、女孩的嘴巴像妈妈，或很多婴儿都是出生的时候大块头、之后一周就会瘦下来之类的话。没有人说出自己心里的想法：看卡特琳娜怀孕时的大肚子就知道她腹中的胎儿不是常人了。上一个引起邻居们如此强烈兴趣的新生儿出生已经是好几年前的事儿了。其中一个引起最大轰动的宝宝就是逊根家的男孩。那个孩子从来没有睁开眼睛。当逊根夫人生下他的时候，他的眼睛就已经是紧闭的了。人们甚至不知道那双眼睛是否健全，也没法看见那眼珠子——孩子的眼皮和脸庞融为一体了。至于在其他方面，这个孩子和其他孩子并没有什么不同。在玩耍的时候，他会承受更多的拳头，有时候，还会有小孩儿利用他的残疾做一些蠢事。但他都承受下来了。在他六岁的时候，一个外科医生听说了他的情况，于是主动提出为孩子动手术，并包办所有事情。这是一个独一无二的案例。外科医生下刀的地方非常准确，但是，当他拿光照看男孩的眼睛时，那双眼睛就眯起来了。然而，在他的双眼变得如灰烬般灰暗前，有那么一瞬间，孩子的双眼看到了。带有干血迹的硬邦邦的白色工作服、黑色的器具、一个挤满了学生的会客厅——他们正用手肘挤出空位想要看看他，还有绑住他手脚的带子。那就是逊根家的男孩唯一一次看到的世界的影像。

布瓦特家的小女孩视力很好。马塞尔和卡特琳娜立马就确认了这一点。尽管这是一件好事，而且所有的宝宝最后都能看见东西，但并不是所有孩子都是从出生第一天就能看见东西的。这个女孩块头很大。她只在母亲的体内待了五个月，现在已经会坐了。当有人来拜访他们时，马塞尔和卡特琳娜会让她倚着自己的胸脯，好让孩子的体形不显得那么明显。除了这些怪异的事情，他们还不希望让别人发现孩子那双黑色眼睛深处所映照出的事实。当家里的客厅没有别人时，马塞尔和卡特琳娜端详着孩子，笑着把孩子放到地上，好让孩子自由活动。小女孩手脚并用地爬行，他们低声说着，刚出生几天的孩子一般是不会爬的。他们不敢大声说，因为他们和其他野兽一样，知道与他人不同所意味着的危险。

在孩子出生两周后，他们第一次把她带到布瓦特夫人家。他们不指望布瓦特夫人到那个城区去看望他们，而他们已经迫不及待要让奶奶看看她的孙女了。孩子的早产让布瓦特夫人吃了一惊。当她收到信件得知卡特琳娜怀孕的消息时，她甚至不知道是否该为此而高兴。而现在，她最后发现这个新生儿是个女孩，并不能在未来为家庭提供收入。尽管布瓦特家从来没出过大美人，但她希望这个女孩能长得可爱，能比卡特琳娜更好看。不说别人，只看看血缘较为亲近的贝特纳德特姨妈。贝特纳德特阿姨的头部特别小，和身体不成比例；她的肩膀很窄，小腿粗壮，大腿短；她还特别喜欢狐狸皮毛做的围脖。当她快步行走时，她看上去更像是一只石鸡，而不像是灵长类动物；她的狐皮围脖似乎在拖着她往前走，要把这只石鸡的毛拔干净。苏素阿姨也并非貌美如花。在她的独生女出生后，大部分客人都觉得，如果说出"您的女儿长得和您真像"这样的话，那就太不尊重人了。

当布瓦特夫人看到那个块头巨大的婴儿想要挣脱自己父亲的怀抱下地玩耍时，当她看到女孩开始在地上翻筋斗时，她什么话都说不出来了。她心中对女孩美好容貌的猜想和对未来通过联姻得到好处的期待都烟消云散了。在翻了两个筋斗后，女孩坐在地上，看着那位寡妇，向她伸出了手，就像她两周前向自己的父母伸出手一样。布瓦特夫人的身体不太灵活，在弯腰后没法不靠他人的搀扶独自站起来。于是，她努力保持平衡，微微地向女孩倾斜身体。这双漆黑的眼珠子又是怎么来的呢？在那个瞬间，布瓦特夫人忘记了联姻及因此可能带来的好处，脸上浮起了一个浅浅的微笑。这个微笑打消了她心中的担忧。女孩在摇晃着一张小桌子的桌脚，布瓦特夫人的思绪回到了现实当中。一个大花瓶要掉下来了。如果任由孩子这么任性下去的话，她早晚会做出让自己不悦的事情。于是，她让女佣将四张扶手椅紧挨着围出一片空间，让马塞尔把孩子放到椅子中间。卡特琳娜把手伸过椅脚间的空隙，将玩具递给孩子。那是一个布偶，是卡特琳娜自己用碎布做成的。女孩似乎明白自己应当安静下来了。卡特琳娜对布瓦特夫人说，他们想用布瓦特夫人的名字为孩子命名。布瓦特夫人看了孩子一眼，提议说还是下次吧。卡特琳娜明白了布瓦特夫人的婉拒，于是点头说，那他们会把孩子叫作卡特琳娜。

布瓦特夫人竖起了耳朵。岁月磨炼了她的听觉，让她可以提前听到客人来访的声响。在家里的其他人什么都还没听到的时候，甚至在马匹停下之前，布瓦特夫人就可以从街上的噪音中分辨出马车的声音，还可以从马车的声音中分辨出哪一辆是要停在她家门口的马车。她似乎还听到了狗吠声。那是亨德克斯姐妹。在清楚听见狗吠声的同时，布瓦特夫人变得紧张了，她让马塞尔和卡特琳娜坐下，看了看继续在扶手椅中间玩耍的孩子。女孩很好动，而那几条狗都不大。它们可能没料到一个才几个星期大的孩子就能如此稳当地坐在地上，而布瓦特夫人自己也不想看到惨剧的发生。就让女孩留在那儿吧。布瓦特夫人提前知道了女佣的通知，深呼吸，用掌心理了理自己的头发，放松脸部，睁大双眼，放大脸上的笑容，似乎快要上台表演一样。让人惊讶的是，就在女佣告诉她亨德克斯姐妹的到来时，布瓦特夫人刚好一脸镇定地走到了客厅门前。

客人们的脸放出了光彩。她们真是太幸运了。布瓦特夫人的儿子和儿媳妇都在。而她们常常听别人提起的、布瓦特夫人那两个星期大的孙女就在她们身旁。双胞胎姐妹向大家打了招呼，在察觉到身后的动静后，两人走向了扶手椅那儿。在发现什么新鲜事物时，四条小狗总会抢在主人前头，但这次它们却留在主人身后了。坐在地上的女孩饶有兴致地看着小狗。两姐妹从椅子靠背探出头往下看，女孩朝她们挥舞着双手。四条小狗小心翼翼地走近。布瓦特夫人一动不动。她的目光跟随着小狗的步伐，她不想因为自己的动作而引得那些野兽狂吠。小狗在它们主人的裙裾间前进，将鼻子凑近扶手椅的椅腿。女孩丢下布偶，朝它们伸出了手。那是她第一次看见除人类以外的哺乳类动物。就在几秒间，双胞胎姐妹变了脸色。那四条狗并不喜欢小孩子，它们的牙齿锋利，而女孩的手又是那么的脆弱。当女孩那肉肉的小手伸出扶手椅圈成的空间时，那四条狗小心翼翼地嗅了嗅那手，然后就高兴地摇着尾巴，用那湿润而粗糙的舌头舔着女孩的手。女孩发出了惊喜的叫声。她推了推挡在她和小狗之间的椅子。小狗的尾巴摇得更欢快了，其中一条狗想要靠近女孩，又推了推扶手椅。它们成功地把椅子移开了一拃左右的距离，一条狗跃上扶手椅。布瓦特夫人惊呆了。眼看其他小狗也要这么做，亨德克斯姐妹本能地、条件反射地把挡住它们的椅子都拿开了。她们也和寡妇一样吃惊，但是，最初的警惕变成了惊叹。四条狗都想投入小女孩的怀抱，女孩根本抱不过来。她仰面躺下了，而小狗们也有样学样。其中一条小狗就四脚朝天躺着，同时又装作要咬女孩手臂，却一直没咬着。另一条小狗想要把鼻子埋到女孩的颈后。但是，小狗都呼吸平静，同时发出表示快乐的叫声。女孩看着小狗，把自己的小手埋到狗毛里。亨德克斯姐妹从来没见过自家的狗那么平静的状态。对她们来说，这四条狗都是她们的心肝宝贝。现在，只要看到眼前这个小女孩，她们就想起自己的心肝宝贝了。她们并不觉得女孩长得太大，也不觉得女孩显得太聪明，而单单觉得这个女孩很特别而已。布瓦特夫人依然感到非常惊讶，但她心中不再恐惧，而是五味杂陈了。双胞胎姐妹回头看向女孩的父母——他们在看见那出乎意料的情形时就随时想要去保护自己的女儿了。这对夫妇一定要进入社交圈，要把新的布瓦特夫人介绍给其他人认识。两姐妹要为这对年轻的夫妇组织一个派对。派对就定在三周后的秋分举行。而这周六，如果他们没有安排的话，两姐妹希望他们可以去她们家喝下午茶。她们俩的母亲——也就是公爵夫人，还有这些小狗，都会很欢迎他们的到来的。双胞胎姐妹看向寡妇，也邀请她一同前往。布瓦特夫人稍微有点结巴地接受了邀请。于是，出于礼貌、客气以及别的什么原因，杜尔格西纳家就向布瓦特一家敞开了那沉重的大门。

对寡妇布瓦特夫人来说，这个邀约为她提供了打开身上枷锁的钥匙。他们家的境况并没有发生改变，但这对年轻的夫妇收到了来自社会上流人士的祝福，女孩也可能可以在两个上流社会继承者的庇护下长大。这一切都会让她的生活变得更好，这是她之前所不敢想象的。寡妇一直心心念念之后的派对。但是，在周六的茶会上，她却感觉到不自在。在一个派对上，打扮和态度是关键，但卡特琳娜去茶会就太危险了。她的教养会被凸显，而且在茶会上，卡特琳娜必须要懂得如何长袖善舞地和他人对话。马塞尔的做派也无法让布瓦特夫人安心。她不担心马塞尔会说什么不该说的话，而是担心他不说话。马塞尔一直都是很呆板的。但是，她最害怕的就是在茶会上被人们问及这对年轻夫妇的收入来源。公爵夫人的行事是出了名的古怪。她一般都会拒绝他人的邀约，而且会对客人精挑细选。在生活尚且优渥的时候，布瓦特夫人就曾于温德蒙家的宴会上见过公爵夫人两次，但她从来没有到过杜尔格西纳家做客。

她的脚步声在门厅处回响。白色大理石铺就的地面就在刚到达的客人眼前，向他们暗示着屋子内部的豪华。天花板上的壁画在高处陪伴着来到这儿的访客，两边陈列的半身雕像清楚地告诉他们什么才是真正的巧夺天工。马塞尔·布瓦特跟在管家身后。女孩就在他的怀中。寡妇布瓦特夫人像个虔诚的信徒一样走在马塞尔身后，而卡特琳娜则抬头向上看，似乎是刚走入一个童话当中。

在那个金碧辉煌的客厅里，一位客人正在弹钢琴。那是公爵夫人的朋友。那位先生停止了弹奏，向他们打了招呼，然后又在主人家的要求下重新弹起了钢琴。与打量布瓦特一家相比，他似乎更在意正在弹奏的曲目。人们首先介绍了女孩的父亲。小狗都爬高到他身上，想要够着他怀中的小女孩。其中一位亨德克斯小姐想将孩子抱过去，但孩子太重了，于是，在马塞尔的帮助下，他们让孩子坐到了一张沙发上。另外一位亨德克斯小姐则抱着那最小的博美犬，坐在女孩的另一侧。整个画面非常对称：女孩就在两位亨德克斯小姐中间，被四条小狗围绕着。这对姐妹的父亲——也就是亨德克斯将军出去捕捉蝴蝶了，所以他会晚点儿才来。听到公爵夫人向各位介绍自己，正在弹钢琴的鲍尔温先生起身站在钢琴边上。两个女佣把茶和点心拿过来了。空气中非常安静。卡特琳娜低头看着眼前的甜点。马塞尔则有一项伟大的能力：他可以在人群中安静地坐着，不需要与他人对话。相反，寡妇布瓦特夫人夸赞了屋子的装饰和陈设。她不知道是否要继续控制自己、观察客厅，还是要将视线集中在沙发附近的绘画和公爵夫人所坐的扶手椅上。鲍尔温先生喝了一口茶，说起了派对的事情。他为双胞胎姐妹的提议鼓掌。只是遗憾的是，这次派对不能以假面派对的形式进行。女士们的礼服总有很多花样，但男士们的服装就比较无聊了。他知道，卡特琳娜是女裁缝。他对布料和服装非常感兴趣。有时候，他还会参与公爵夫人服装的设计。在听到"裁缝"这个词时，寡妇变得紧张了，她只能用一些零散的单字来回答对方。但是鲍尔温先生最后以一个出人意料的方式结束了这个话题。卡特琳娜害羞地笑着向对方表示谢意，而鲍尔温先生则打着手势用一个同伙一样的笑容回应了她。玻璃的另一边有什么在动。小卡特琳娜转过头。寡妇对公爵夫人说，她们曾在温德蒙家的派对上见过两次。公爵夫人说，温德蒙家和杜尔格西纳家是关系很好的朋友。她一般不怎么接受邀约，但她从不会缺席温德蒙家的宴会。在外面，一只蝴蝶在拍打着翅膀。一条小狗在嗅着女孩的头发，但女孩并没有触碰小狗。她的脸仍朝向玻璃。她那柔软的眼神逐渐变得僵硬，她的眼中映出了蝴蝶的身影。马塞尔伸出手，想要再拿一块糕点，而他的母亲则用眼睛的余光表达对他的责备。鲍尔温先生重新说起派对的事情,对话的气氛又活跃起来。他说的一些创新的提议引得女士们哈哈大笑。尽管蝴蝶在几分钟前已经飞走了,但女孩并没有被笑声吸引。最小的小狗舔着她的耳朵,她缩了缩肩膀,重新扭头看向客厅,笑了。

　　太阳下山时,布瓦特一家就告辞了。他们没机会和将军打招呼。公爵夫人为此表达了歉意。如果他们愿意的话,亨德克斯姐妹希望在某个下午带女孩去散步。公爵夫人握着年轻夫妇的手,说她很高兴能够认识他们。

　　那天晚上,在唯一的女佣陪伴下,布瓦特家的寡妇晚餐时喝了两杯红酒。她很早就睡下了,却一直睡不着。她脑海里反复回想着下午在杜尔格西纳家的情景。公爵夫人对年轻夫妇的和蔼态度让她感到很惊讶。人们都说公爵夫人是个奇怪的人。他们说得对。任何一个像她一般地位和身份的人都不会接受亨德克斯姐妹那大胆的请求的。而亨德克斯姐妹呢?她们总是那么庄重和严格,却似乎毫不在意马塞尔和卡特琳娜的地位。也许她错了,她应该接受年轻人的提议,用自己的名字来为孩子命名。杜尔格西纳家的人似乎对孩子的外形不太在意,而鲍尔温先生是那么的高雅,那么的平易近人……寡妇就一直这么想着,渐渐地萌生了睡意。她想起第一天看见女孩时,孩子坐在地上。孩子的眼睛让寡妇放松下来,沉沉地睡去了。

第二天早上，在女佣的帮助下，布瓦特夫人把家里翻了个底朝天。她要找一块几年前就没有再见到过的布料。那是一块丝绸料子。那短短几米的料子是不足以做成她自己的衣裳的，但对卡特琳娜那娇小的身材来说就绰绰有余了。她的儿媳妇还没有意识到那个派对是多么的重要。离那个即将改变她生命的派对还有两周时间，而她却只担心那天晚上谁来负责照看女儿。寡妇提出，可以让女佣帮忙照看，但卡特琳娜更愿意把女儿留在自己父母家里。在翻箱倒柜几个小时后，布瓦特夫人终于在一个箱子的深处找到了这块料子。那是一块象牙色的丝绸料子。

如果一个从没拥有过什么、亦从未想要拥有什么的人突然收到礼物，他总会在打开那份其他人可能会为之兴奋的礼物时心存怀疑。卡特琳娜对派对感到恐惧。她为高贵的女士缝制过几百件衣裳，但她从未希望自己成为那些女士中的一员。女儿出生后，她习惯了把手放在口袋外面。现在，她不再是赤手空拳了，但世界仍然让她心怀恐惧。据说，猪是最多疑的动物，因为其他野兽都想把它吃掉。这就是卡特琳娜的感觉。她一边裁剪着婆婆给她送来的布料，一边想着，鲍尔温先生真是她见过的最有教养的人了。女孩就在她旁边，坐在地上的一个木箱子里。她不喜欢把一个生灵放进一个狭小的空间里，但从几天前，孩子开始不断地把头伸出客厅的窗外，而卡特琳娜则担心她会一时疏忽，让孩子从窗户掉下去。尽管女孩没法自由活动，但她还是继续看着窗户。她已经不再玩那个布偶了。现在，和那让她对世界保持警惕的事情相比，有另外一件事让卡特琳娜更加担心。孩子出生后，她唯一担心的就是孩子受到伤害。孩子的皮肤是苍白的，她那细细的头发是栗色的。当母亲唤她时，女孩会从地上仰头看母亲。卡特琳娜就在那双漆黑的眼睛中失神了。

一天晚上，几声猫叫吵醒了马塞尔。他睁开眼睛，惊奇地看见有强烈的光从门口进到房间。他静悄悄地起了身，离开房间，穿过厨房，站在客厅的门框下。女孩正坐在地上，面朝窗户。她应该是不知怎么地离开了自己睡觉的床，然后爬到这个地方的。那是马塞尔所见过的最大最亮的满月，那淡蓝色的月光笼罩了一切。夜晚似乎变成了一片海洋。窗户是开着的。一只猫正坐在窗台上。马塞尔悄悄地走进客厅，站在孩子身旁。卡特琳娜也醒了。她没看见马塞尔和孩子，于是从房间走出来。当她走过厨房的时候，她认出了孩子的身影。在地面的映衬下，孩子白色的睡裙和白皙的皮肤让她显得特别显眼。她正面朝月亮坐着。马塞尔回过头来，看见卡特琳娜。她走近他，站在孩子的另一侧。小卡特琳娜什么话都没说。她的眼睛从月亮上移开,看向她的父母。之后,她又扭头往前看,张开双臂,向前伸出一只手。

在一两天的时间内,天气变了。寡妇从衣柜里拿出了皮衣。恰恰是在杜尔格西纳家的派对那天,天气变得那么冷。这真是太不走运了。她把皮衣放在床上,让它们透透气。那天晚上,她会选一件穿上。两点半的时候,亨德克斯姐妹到过她家,来接走小卡特琳娜。在那之前,卡特琳娜把孩子带到布瓦特夫人的住处,等到亨德克斯姐妹接走孩子才回家。两姐妹会在六点的时候把孩子带到码头,将孩子还给马塞尔。马塞尔会和卡特琳娜的父母一起在那儿接孩子。卡特琳娜的父母会在那天晚上照看孩子。寡妇不想让亨德克斯姐妹去码头,而希望大家在她家交接孩子,但这对珀克兹基先生来说就比较麻烦了。而且两姐妹也坚持要把孩子送去码头,于是就这么决定了。

在五点四十五分的时候,亨德克斯的马车到了港口。同行的女佣在五点半的时候就下车了,好回到杜尔格西纳宅子为派对做准备。那是杜尔格西纳家中块头最大的女佣。抱着孩子散步和上下车需要不小的力气。马车里坐着亨德克斯姐妹和小卡特琳娜,还有那四条小狗。在马车行进的过程中,亨德克斯姐妹拉开了窗帘,看着外面的风景。她们无法掩饰自己对城市中那片区域的好奇。车夫告诉她们，到达目的地了。马塞尔和卡特琳娜的父母也已经到了。孩子睡着了。双胞胎姐妹下了车，教马塞尔如何把马车门关上，好让四条小狗留在车里，不在码头乱跑。之后，马塞尔把她们介绍给珀克兹基夫妇。他们从来没有见过那么尊贵的女士。很快，一条小狗出现在两姐妹的脚边。能听见狗吠。双胞胎姐妹看看小狗，然后回到马车上。门是关着的。它们是怎么出来的？突然间，其中一位亨德克斯小姐说了句"抱歉"，然后跑到了马车的另一侧。小狗跟着她。门是开着的，马车是空的。她绝望地看向四周。狗在码头吠着。她大叫了一声，马塞尔、另一位亨德克斯小姐和珀克兹基夫妇立马出现在她身边。另一位亨德克斯小姐看了看她，又看了看水里。孩子不在。她要回去求救。他们问那几条狗，孩子在哪里。动物们不会说话，但它们继续朝着海水狂吠。马塞尔脱下外套和靴子。车夫走下马车。马塞尔纵身跃入水中。珀克兹基夫人恳求上天的帮助。一个小伙子跟着孩子的父亲跳入水中，但码头的水太浑浊了。

人们找了一整个下午，又找了一整个晚上，但都没有找到孩子的一丝踪迹。晚上七点半，珀克兹基先生的一个朋友去通知孩子的母亲。她当时正坐在家中的客厅里，穿着自己缝制的象牙色丝绸礼服等着马塞尔。派对取消了。公爵夫人努力将这个消息告知所有的宾客，又派了十个人去码头帮忙找孩子。双胞胎姐妹在半夜前回到杜尔格西纳大宅。人们都让卡特琳娜也回家去，但没人能说服她。清晨，她仍在码头的角落走着，手里拿着一条毯子，想要披在孩子的身上。但在那时候，已经没有人指望可以找到活着的孩子了。

一周又一周过去了，人们慢慢地就放弃寻找孩子了。卡特琳娜每天都会去码头。在跑遍码头所有角落后，她就面朝大海坐一会儿。人们都很同情她，但她从未失去希望。

在那个悲伤的九月下午过去一年后，回到家的马塞尔为卡特琳娜带来了一个令人惊讶的消息。一艘日本渔船上的一个船员对码头工人说了一个故事。船员发誓那个故事并不是他编造的，而是像他每天从海里捕到的鱼一样货真价实。这个故事从一艘船传到另一艘船上，听到故事的人都感到很惊讶。日本水手从亲身经历的人口中听到这个故事，算是拿到了第一手资料。那是几个月前发生的事。一艘日本捕鲸船在追逐一群鲸鱼。共有三头鲸鱼。一个渔夫正准备将鱼叉投向其中一头鲸鱼时，那头年幼的鲸鱼露出了水面。拿鱼叉的渔民呆住了，后退了一步。他的同伴也无法相信眼前的情景。露出水面的并不是幼鲸，而是一个女孩。女孩扭头用那双大大的黑眼睛看着他们。她浑身赤裸。人们可以清楚地看见女孩的腿脚、手臂和手掌。渔夫放下了手中的鱼叉。女孩朝他们笑了。之后，她又一头扎进水里和其他鲸鱼消失在茫茫大海中。

卡特琳娜并没有问马塞尔的想法。没有问的必要。她坚持要和那个日本水手聊聊。马塞尔去找那个从日本水手口中听到这个故事的码头工人，然后他俩又跑遍了港口的所有酒吧，想找到这个日本水手。那不是卡特琳娜应该去的地方，但他俩没法让水手离开酒吧，也没法阻止卡特琳娜走进酒吧。卡特琳娜在水手面前坐下，详细地告诉水手为什么她想要知道那个女孩的故事。水手第一次从听众身上看不到一丝惊讶或怀疑。在很多女人的脸上，他都见过这样的神情。那些女人都在船上打听，看自己那被大海夺走的孩子是不是回来了。水手自己为自己倒了一杯烈酒，开始将鱼叉手对他说的故事娓娓道来。

当卡特琳娜和马塞尔起身走向门口时，水手叫住了他们。还有一件事情。也许卡特琳娜会对此有兴趣。亲身经历了这件事的一个男人告诉他，尽管他们在看见女孩消失在大海当中时非常惊讶，但他并不感到痛苦。她看上去很快乐。

布瓦特家女孩那让人惊讶的故事传遍了整个城市。很多人都不相信。另一些人则觉得，除了他们每天熟知的事情外，生命还可以有其他美好的形态。在杜尔格西纳家的小礼拜堂里堆满了鲜花，常年为小卡特琳娜点着大蜡烛。鲜花都是认识杜尔格西纳一家、布瓦特一家的人或者是陌生人送来的。其中最大的一束是白山茶花。那是公爵夫人命人送来的,她还严格地命令家里的用人不能移动那个大花瓶。在没有人看见的时候,她会在这个花瓶下放一张旧照片。她会把照片包好,不让湿气腐蚀它。那张照片至少有三十年的历史了。那是一个年轻人的肖像。照片上的人没有穿军装,身上的衣服也并不优雅——那似乎并不是公爵夫人社交圈中的人。

在满月的夜晚,马塞尔和卡特琳娜总会在客厅的窗户前手拉着手。他们知道,他们身体的一部分正自由自在地在大海中畅泳。

莫特森家的男孩

巴贝尔夫人发出一声痛苦的喊叫。那是莫特森家中墙壁所听到过的最让人毛骨悚然的惨叫了。四个小时前，这场从她体内取出婴儿的战斗就开始了。那小家伙似乎死死地抓住了母亲的身体，不愿意出来。巴贝尔先生在房间外候着。他仅探头看了房间一次，但人们还是建议他不要进去。他只看到拿着脸盆和白布的女佣们来来回回。有时，她们手上的东西是干净的；有时，她们手上的东西是带有血迹的。他只看见，房间的门就在女佣们的身后关上了。

当最初的晨光穿过东边的窗户时，人们再也听不到叫声了。坐在扶手椅上的巴贝尔先生站起来，侧耳细细听着。房间内有响声，但是没有人向他通报。几分钟后，房间门开了，格米医生让他进去。在房间里，产婆和女佣们都不作声。巴贝尔先生问孩子的情况。格米医生看向摇篮，一名女佣正伴在摇篮旁。巴贝尔先生径自走向摇篮。

"是个男孩！"看到孩子后，巴贝尔先生惊喜地说。

他迅速地抱起这小家伙，将他举到空中。清晨的阳光勾勒出初生儿的侧影。

"是个男孩！"

刚走开的女佣向他靠近了一步。突然，巴贝尔先生大惊失色。他惊恐地看着孩子，慢慢地放下了抱着孩子的手臂。孩子的右手并没有五个指头。但那小手已经完整地长出来了，而非残缺。那样的手不像是从母亲肚子里生出的孩子所应有的。巴贝尔先生无法相信眼前的一切。就在和孩子左手对称的右边的位置，长出来的是一只猪手。巴贝尔先生松手了，孩子跌落下来，但女佣把孩子接住了。这让孩子发出了第一声啼哭，格米医生走近孩子进行听诊。巴贝尔先生看向孩子的母亲，她累得连眼睛都睁不开了。巴贝尔先生发狂似的询问格米医生究竟是怎么回事。格米医生将贴着孩子胸脯听诊的耳朵移开，回头看向巴贝尔先生。孩子很健康，似乎只是其中一只手变形了而已。

在走出房间后，格米医生明确表示，孩子母亲的状况堪忧。巴贝尔先生搬到了另一个房间起居，以免打搅病人。用人们根据他的指示，将刚出生的男孩安置在莫特森宅子北翼的一个房间里。巴贝尔先生不想让孩子的哭声吵到病人，但最主要的是，他想孩子离自己远远的。巴贝尔先生亲眼看到了孩子身上那野兽的部分，那无法隐藏于其人类外表之下的野兽的部分。他深信，这个撒旦的儿子原本是想要继续留在他妻子体内的，但眼见不得不出来，孩子就用那猪手撕碎了自己母亲的内脏，杀了自己的母亲。他让女管家希尔茨夫人负责照料这个孩子。孩子被关在房间里，只有必要人士才会看到他。在希尔茨夫人把孩子带走前，格米医生仔细地查看了孩子的右手，细细回想巴贝尔夫人所经历的那痛苦的四小时。他在这两件事情之间找不到任何关联。分娩在产妇身上留下的影响与侵蚀其他产妇健康的并发症是完全一样的。作为一名医生，他并不同意巴贝尔先生的说法，但孩子的右手却让他心里无法平静。那属于其他动物的手就像是在母胎中已经长出来的。医生不断地问自己，孩子体内会不会还有属于其他动物的身体部位呢？

最初的几天，孩子不停地哭。但是，在喂奶以外的时候，没有人会走近孩子所在的房间。在不到一周的时间里，孩子就学会了独处。他或是因为肚子饿而哭，或是睡觉，或是没由来地笑，或是看向窗外的明媚。孩子那畸形的手在村民间激起了很多离谱的谣言，而那个原本答应要照顾孩子的奶娘则反悔了。希尔茨夫人没法说服她，也没办法找到愿意来替代她的奶娘。于是，人们开始将牛奶放在奶瓶中喂给这个孩子，而负责喂牛奶的女佣则收到了女管家的命令，让她戴着手套，不要让孩子碰到她身体上的任何一寸皮肤。对此，格米医生并没有说什么，但是希尔茨夫人看到，在为孩子的右手做检查前，医生总会做好防护措施。见过这孩子的用人并不多，仅是希尔茨夫人和三名女佣。女管家要为宅子的秩序操心，而那些女佣则没有这份责任了，她们会对他人讲述自己的经历。尽管她们所叙述的那些细节并不完全一致，但这并没有让她们名誉扫地，反而衍生出了更多不同版本的故事，让其余用人更加不安。园丁总会在经过孩子所在房间的窗户时画十字，也不敢去惊扰在那附近的动物；厨娘则将用猪手做的菜从菜单中撤下；用人们纷纷开始使用护身符。

在病床上的巴贝尔夫人不断地询问孩子的事情。格米医生不得不努力打消巴贝尔先生头脑中的妄想。格米医生不能让"孩子是魔鬼的儿子"这一想法在巴贝尔先生心中扎根，但他也同意后者的看法，认为再次看到孩子那畸形的小手不会对产妇的病情有任何好处。他们俩都知道，如果是出于为她的病情着想这一原因的话，巴贝尔夫人肯定听不进去，并坚持要见孩子的。因此，为了打消她的念头，两人不得不这么说：现在还不知道她得的是什么病，但不管怎样，一个如此柔弱的初生儿总是很容易得病的。这样，巴贝尔夫人就不说话了。但当巴贝尔先生不在身旁时，她还是会向用人们问起孩子的事情。她想，也许他们会说点什么别的。但所有人说的话都是一样的：孩子很好，夫人应该多操心自己的身体。她究竟得了什么病呢？很多产妇都会死。很多新生儿都会死。离生命起源之处不远也意味着离死亡很近。她只看了孩子几秒钟，却无法忘怀那小手，那让她想起银托盘上放着的烤乳猪的小手，也无法忘记孩子的脸庞。那个五月的早上是真实的，这是确凿发生的事情，但在她的想象里，她已经经历过这个场景很多次了。她曾想过，腹中的孩子可能是个小女孩，也可能是个巴贝尔先生所希望的男孩。那将是他们的第一个儿子，是他们的长子，是莫特森大宅的继承人，也是家族遗产的继承人。在不同的想象中，她看见了这两个孩子在平行世界中慢慢长大。她还想象过这两个孩子之后会做什么，会变成什么样子。之后，她又回到分娩的现实中，身体最后一次用力。她第一次看到了自己的孩子，看到了孩子究竟是男孩还是女孩，她躺在她现在所在的床上环顾四周。虽然那仅仅是几秒钟的时间，但已足以让她看到现实，并将这现实藏于心底。她躺在床上，回想着孕期的每一个细节、每一次感到喜悦、每一次受到惊吓。是什么东西让孩子的右手发生变化呢？

据说，如果孕妇在怀孕期间的愿望没有满足，就会在她腹中孩子的皮肤上留下印记。胎记或像一颗草莓，或像一小块蛋糕，或像一个吻……不说别的，只消看看加尔塞伊家的男孩就明白了。在出生时，他脖子上有一块奇怪的黑色印记。随着男孩渐渐长大，这块胎记的形状也越来越清晰，但看上去却不像任何东西。在一次晚会上，男孩遇到了比特伯爵夫人。那是他母亲的好朋友。小加尔塞伊先生发誓，比特伯爵夫人所佩戴的祖母绿项链和他脖子上的胎记形状完全吻合。古尔曼家女孩的情况就让她的母亲更加尴尬了。在她出生时，她的心脏位置处有一个胎记，形状就是波邦先生的侧影。但是巴贝尔夫人并不特别喜欢吃猪肉。她甚至会为那些小动物感到伤心：它们刚出娘胎，就被人送上餐桌了。

在摇篮里的孩子举高双臂，将两只手连接起来。他并不知道，这两只手并不是一样的。他甚至不知道这两只小手都是他身体的一部分。巴贝尔夫人不相信孩子的右手会长回正常的形状，但她确实希望孩子父亲那高大匀称的身材和智慧可以遗传给这个孩子，至少让他的缺陷在外人眼中显得不那么要紧。巴贝尔夫人的母亲——已故的塞维尔夫人——总是说巴贝尔夫人和她的外婆一样，都是太理想主义了。然而，对巴贝尔夫人来说，她的外婆更加的异想天开：她有很多让人瞠目结舌的故事，还信誓旦旦地说，故事的主角都是他们的远房亲戚。巴贝尔夫人还未出嫁时，她总是被这些故事深深吸引。她的外婆说过，如果放任自流的话，最难以置信的事情都会成真。那些天，巴贝尔夫人躺在病床上，想起了里格琳娜阿姨的故事。

里格琳娜阿姨是巴贝尔夫人外婆的曾祖父的妹妹。她出生时，手掌上并没有手指，而都是树枝。那是娇嫩的新枝，就像那些刚从地底冒出头来的树苗一样。几个月后，这些枝桠就变得结实了。而小里格琳娜也发育正常，已经可以像别的孩子一样用手去抓东西了。在春天，这些树枝会发芽；而在冬天，树枝就变得光秃秃的了。这双手并不比一般的手更麻烦，只是需要每年两次——春天和秋天——去园丁那儿，让他修剪枝桠。一年夏天，枝桠上出了蚜虫，天气好的时候就把鸟儿吸引来了。除了这些小麻烦以外，里格琳娜过着正常人的生活。像所有其他母亲一样，她的母亲也曾想象过女儿的未来。她知道，女儿总有一天会长大，她现在对玩具的兴趣也会转移到异性身上。他们不担心女儿没有追求者：就凭女儿将会拥有的大笔遗产，很多人甚至会愿意和一棵树结婚。他们担心的是，女儿到时要怎么把戒指戴到对应的树枝上呢？随着年月的过去，正如母亲所预料的一样，有人来求婚了。一天下午，那对年轻人外出散步。在太阳下山时，两人在河边坐下。小伙子很紧张，里格琳娜阿姨则已有预感，对方会在夜幕降临前向她表白。为了私下里做一次排练，小伙子借口说自己去找些木柴点个火堆，让女孩儿在原地等他。里格琳娜阿姨想要让小伙子大吃一惊，于是，当小伙子拿着木头回来的时候，他看见，火已经生好了，而他的心上人却没有了手指。那天晚上，小伙子向里格琳娜求婚，她就在火堆旁答应了。那时已是冬末，天气很好，就像树木发新芽一样，里格琳娜的双手长出了和普通人一样的手指。在婚礼当天，手上戴着戒指的她兴奋地展示着手指。她的母亲并不因为里格琳娜的离去而感到悲伤，因为她知道，奇迹的出现恰恰证明了里格琳娜深爱对方，也证明了那个小伙子是一个配得上里格琳娜的人。

在分娩的四天后，巴贝尔夫人被她的丈夫葬于巴贝尔家族的墓穴里。前一天晚上，巴贝尔先生一直守在他妻子的身旁。在葬礼的第二天，巴贝尔先生孤身一人回到莫特森大宅。他下了马车，穿过大门，完全不顾周围的人。他似乎还没到达想去的地方，进门后便步履坚定地径自往大宅北翼走去。他或许已经耽搁太久了；如果没有这个魔鬼男孩的影响，那将巴贝尔夫人拉向死亡的丝线或许会松开，他的妻子或许如今仍能活生生地在他的身边。巴贝尔先生走到了那条走廊，他小时候很喜欢在那里玩耍。在夜里，他已经弄明白了自己对这个与他有血缘关系的小家伙负有什么责任。巴贝尔先生走到孩子所在的房间门前，生气地转动门把手，但是，现在和未来似乎在同一时间重叠了，一件他预想不到的事情让他停下了动作。在他那两个哥哥早夭之后，巴贝尔先生成为了家族的继承人。但是，在莫特森大宅，他一直都是年纪最小的孩子。房间里有动静，是孩子牙牙学语的声音。巴贝尔先生从来没有在这个宅子里面听到过新生儿的说话声。那正是缠绵病榻的妻子每天都要询问的孩子。孩子的声音天真无邪。巴贝尔先生将门把手转动到了原本的位置。他将额头抵在紧闭的房门上，听着从门的另一侧传来的声响，明白自己将不会是这个孩子在这个世界的旅程结尾的见证人。

一天早上，破晓时分，希尔茨夫人在一名女佣的陪伴下上了一辆马车。她怀里抱着孩子，将这个孩子带离了莫特森大宅。

基顿小姐从两天前就开始睡不好觉了。没错，就是在教区神甫达斯特先生来访以后。基顿小姐独自住在一间偏僻的屋子里，陪伴她的有一头猪、十二头羊和一些母鸡。她并不是什么重要人物，没有人会来特意拜访她。因此，在看见站在门前拿着手帕擦汗的达斯特先生时，她的心里已经做好了最坏的打算。她已经好几周没有下山到教堂听布道了。她一直认为，自己的缺席就像自己的耐心一样，不会有人察觉，但也许她错了。她想，在神甫的呼吸平复后，她要向他解释，上礼拜天她的一头猪走丢了；上上个礼拜天，在她刚好要去教堂时，其中一头羊突然倒在地上晕过去了；而在羊晕过去的那个礼拜天之前的一个周日，并没有什么意外，但她身体不太舒服。基顿小姐还没开始说猪的事情，神甫就张嘴指责她家位置不好。谁会住在这么高的地方？在他下车后，他还走了半小时才到那儿。坐在车上的神甫觉得脚下的山路似乎没有尽头，他似乎永远到不了基顿小姐家。于是，他决定走下马车抄近路，以为做点运动会对身体有好处。但这是个错误的决定。达斯特先生一边问着能否进屋，一边就踏进了屋子。在看见他进屋后，基顿小姐向他表示歉意。家中并非不整洁，只是里面简陋的家具和物什让她觉得自己必须为此道歉。神甫让她坐下。基顿小姐还没弄清楚达斯特先生的来意，几乎就要再次提起那头走丢的猪了。她想等神甫坐下，再好好和他说自己没去教堂的原因。但达斯特先生不想坐下，也许是因为他已经习惯看着眼皮子底下的脑袋说话了吧。神甫控制住自己的疲惫感，站着向基顿小姐说明了来意。

他收到了一封寄给教区神甫的紧急信件。他不能说出寄信人的名字，但他来这儿是为了把信的内容说给基顿小姐听的。一个贫穷的家庭突逢变故，一个出生还不满一周的孩子变成了无父无母的孤儿，也没有其他的亲戚可以照顾这个孩子。孩子的父母是属于另外一个教区的，在寻访无果后，这个教区的神甫就给他的好朋友，也就是达斯特先生写了信，向他说了这件事情。他们希望有人可以收留这个孩子，将他视如己出。为了让孩子摆脱过去的不幸和尽快拥有新生活，收养人不能泄露孩子的身世。基顿小姐不知道自己是否听懂了神甫的话。不等她回答，神甫就继续往下说了。在细想了自己教区中的所有教民，并思索良久后，他想到了基顿小姐。基顿小姐单身，超过三十岁，似乎不会结婚了，她可能可以在这个小家伙身上找到一些慰藉，弥补她没有后代、也不会有后代的遗憾。他相信，基顿小姐的父母——也就是神甫无缘结识的基顿先生和基顿夫人——也会祝福这个仁慈的举动，因为这让他们的姓氏得以流传下去。尽管知道这个提议可能不会影响最后的结果，但达斯特先生的神甫朋友还是提出，教区会向收养孩子的人支付一笔捐款，好减轻收养人的负担。

"这笔钱可以用来买一头猪了。"神甫先生挑了挑眉，特意说道。

"一个孩子。"在神父说买猪的事情时，基顿小姐这么想着。神甫还没有说过这个孩子的性别。但是，她拿什么喂食呢？找一个有哺乳能力的人去当这孩子的妈妈不是更合适吗？她都还没说话，达斯特先生就抢先一步说出了她心中的问题。基顿小姐有山羊，而这个孩子只吃过牛奶；牛和羊都是一样的，都是牲畜而不是人类；但这孩子还活着。如果上帝想要带走这个孩子，他肯定一早就这么做了。如果孩子死了，基顿小姐也无需担这份罪责。最让她难受的可能是人们的风言风语，因此，神甫建议她，对外宣称这个孩子是她表亲的孩子，而她的表亲已经丧夫，这位表亲也已离世，基顿小姐是孩子唯一的亲人。如果有必要的话，神甫也会帮她说话的。基顿小姐十分惊愕，但眼中有一丝期待。而非常了解单身女性的神甫明白，基顿小姐这是接受了。两个人没有再说什么别的了，基顿小姐就充满谢意地向达斯特先生告别，达斯特先生又再次抱怨基顿小姐住所的位置。他说，希望马车还是在他下车的地方等他吧。在走过基顿小姐的小花园的时候，神甫说出了最后一个关键信息：孩子会在两天后被带到这里来。基顿小姐停下了脚步，看着神甫缓缓走远。她需要一整天时间来平复心情。在离开山脚时，神甫回头看向基顿小姐，对她喊道，如果照顾小孩让她无法在礼拜天去听布道的话，神甫会原谅她的。但基顿小姐已经看不到他的身影，也听不见他说的话了。

孩子什么时候到呢？谁会把孩子带来呢？孩子的父亲是怎么死的呢？基顿小姐猜想，孩子的母亲应该是因分娩而死的。基顿小姐面朝屋后的菜园子坐着，看着月光照亮了园子里的土豆。这就是母亲等待孩子的心情吗？如果现在神甫再次来到她面前的话，她就知道自己有什么问题要问他了。尽管如此，她还是不会将问题说出口的。在和神甫说话前，她总是要反复思忖，而在大部分的情况下，她都不会把心里想的话说出口。

在神甫室里，达斯特先生正喝着一杯甜酒。就在他从基顿小姐家回来的那天早上，他立马就给莫特森大宅写了信。他之前答应了巴贝尔先生，要为这个孩子找一个家。只要解决了旁人的流言蜚语的问题，基顿小姐自然就会流露出想成为母亲的愿望。基顿小姐的眼神印证了他的想法。他相信，基顿小姐不会反悔，她更害怕的是对方不愿意把孩子留给她。正是这种庇护的能力让大部分的野兽在出生时得以生存下去。神甫坚信这一点。他相信，这一安排很可能会成功，在恰当的时刻他就会获得应有的回报。不错，他只要再等两天，就可以安排为自己绘制新的肖像画，为神甫室添置新家具。巴贝尔先生想要确定孩子被收养的地方，确保神甫先生没有把全部情况如实告诉基顿小姐。

就在神甫到访的两天后，在基顿小姐给猪喂剩饭时，她听到了马车的声音。她把提桶放到地上，解下了围裙。她不知道要把围裙放哪儿，她的双手在颤抖。孩子来了。整整两天两夜，她都在害怕自己的等待会落空，但现在，孩子来了。马车停在了花园前。车夫下车开了车门，一位优雅的、穿着朴素的女士下了马车，一落地就问她是不是基顿小姐。这位女士没有说出自己的名字。她自我介绍说，她就是达斯特先生之前和基顿小姐提过的会来拜访的人。在她怀中并没有看见婴儿的踪影。基顿小姐不禁伸长了脖子，想要看看马车里的情况。她似乎看见了马车里还有别的人。基顿小姐的举动都被来访的女士看在眼里。这位女士知道，基顿小姐在等一个孩子，但如果可以的话，她希望先和基顿小姐聊聊，确认一些事儿。基顿小姐点了点头。女士绕着房子走了一圈，认真地打量着所有细节。她走到正门停下,让基顿小姐先进屋,而基顿小姐则坚持要跟在这位女士身后。进屋后,她打量着屋里的陈设,看得更加仔细了。最后,两人在一张方形木桌旁坐下。

"您话不多。"女士高声说道。

基顿小姐低下头,她不知道这会不会有影响。之后,那位女士就表扬她的处事谨慎。突然,她站起来,说了声抱歉,然后就离开了屋子。基顿小姐听到她穿过花园,打开马车门。也许那两天前开始的奇怪的小插曲就这么结束了。但是马车并没有离开,而是有另外一个人从马车上下来了。片刻之后,那位女士又走进屋,她身旁还有一名年轻女性,怀里抱着一个孩子。坐在椅子上的基顿小姐立马站了起来。那位女士让她继续坐着,而那个姑娘则什么都没说。那个姑娘全身裹得严严实实的,甚至还戴了手套,她似乎在等待什么命令。

"孩子出生时有点问题,"那位女士对基顿小姐说,"但他身体很健康。"

她朝那姑娘做了个手势,姑娘把孩子抱到基顿小姐身旁。

"您最好还是坐下吧。"那位女士坚持说。

姑娘慢慢把婴孩身上的布打开,而那位女士则死死地盯着基顿小姐的脸。基顿小姐先看了看孩子的脸蛋,笑了,然后再打量孩子的全身。她的目光先是落到了孩子的右手上。她惊讶地吸了一口气，然后充满同情地看着孩子的脸。她伸出手，想要摸一下孩子的脸蛋。姑娘想要抓住她的手腕，但那位女士制止了姑娘。基顿小姐的指尖摩挲着孩子的脸，而孩子则伸出双手想要抓住基顿小姐的手指。

除了孩子以外，两人还给基顿小姐留下了一个摇篮、两件衣服和一个奶瓶。基顿小姐将孩子抱在怀里，与两人告别。她不知道要怎么抱孩子，于是她用力地将孩子靠近自己的胸脯，而孩子也紧贴着她的领口，似乎生怕会和她分离。就在车夫要把马车门关上时，基顿小姐大胆地打破寂静，问那位女士是否可以告知姓名。她有预感，她不会再看到这辆马车，也不会再见到车上的人了。她们是孩子和他的出身之间唯一的联系。那位女士犹豫了一下，但最后还是回答道："希尔茨夫人。"

坐在她面前的姑娘奇怪地看着希尔茨夫人，而基顿小姐则想，这可能不是她的真名。车夫关上门，马车离开了。

希尔茨夫人心不在焉地看着窗外的风景，就这样永远地离开了基顿小姐的房子。之后，她回头看向希姆思小姐，命令她把快要遮住耳朵的外套领子打开，把那滑稽的手套摘下。

"现在可是六月呀。"她对茫然失措的女仆说道。

那天早上，那位女士将一个装着钱币的袋子给了基顿小姐。直到下午过半，在马车上的两位乘客从她的世界中完全消失、孩子熟睡时，基顿小姐才打开它。她的目光从摇篮处移开，就看见那个袋子。放在桌子上的天鹅绒袋子显得特别突兀。她想都不想，心中带着一丝希冀打开了它。也许里面放着一封信，或是孩子母亲的肖像。但袋子里只有金币，看来人们都为这个孩子慷慨解囊了。这让基顿小姐很不安。有时候，伯翰先生会驾着车来，在她的花园前稍作停留，而基顿小姐则用鸡蛋和他换一些豆子，或用土豆换一些面粉。如果基顿小姐想要下山去村里买些什么，她就会用几个钱币买一只母鸡。但不管怎么样，她都不需要这些价值如此高昂的金币。基顿小姐用麻袋的一块布料包好天鹅绒袋子，将它藏好。

她很难相信达斯特先生所说的那个关于孩子身世的故事。那并不是一个普通家庭会为刚出生的孩子准备的摇篮。孩子的衣服和带花边的被单也不像是寻常人家的东西，而袋子里装着的金币也不像是普通募捐得来的款项。所有金币的面值是一样的，都是崭新的，闪着亮光，就像是刚从果实累累的树上摘下来的一模一样的果子。也许，是马车上的那位女士付的这笔钱，而摇篮和衣物可能是她家的东西。她似乎真的很关心孩子。也许，那位女士认识孩子的父母，也许孩子的父母在她家工作。也许，在孩子的父母死后，她无法收养这个孩子，因为她已经有自己的孩子了，而再收养这个孩子可能会引来风言风语。

基顿小姐将被单从熟睡的孩子身上移开。孩子的右手长得和猪手一样。马车上的那位女士将此称为畸变。基顿小姐相信,孩子身上的谜团肯定和他这只残缺的手有关,但她却不明白当中的原因。她轻轻地拿起孩子的右手,将它放在指间。那只无辜的不幸的小手将这个孩子带离了他原本所属的地方,将他带到了她身边。

死神并没有来寻这个孩子,孩子喝下去的每一口牛奶都让他茁壮成长。羊群的叫声,母鸡的咯咯声和猪的哼叫声陪伴着孩子。当基顿小姐在园子里劳作时,她会唱歌,好让孩子听见。如果她要照料牲畜,她会把孩子放在离牲畜不远处的一张毯子上,因为她发现,只要孩子旁边有动静,不管是人还是动物,孩子都会安静下来。晚上,孩子就睡在她身旁,只要孩子能听见她的呼吸声,连饥饿都叫不醒他。在不满一岁时,孩子已经会跑了。他喜欢追着母鸡跑,也会跑着去抓猪的尾巴。相反,他有点怕羊,因为其中一头羊差点把他给咬了。如果基顿小姐朝他喊叫,他就会停下来,走近她。如果他以为基顿小姐让他住手,他就会停下不动。他只听基顿小姐的话,基顿小姐就是他唯一的坐标。

一天早上,伯翰先生的马车又停在了基顿小姐的花园前。基顿小姐一般都会在房子里,因此,如果伯翰先生看到的话,就会叫她，等她出来。那天，基顿小姐在后院里。在听见伯翰先生的声响后，她赶紧抱着孩子从后门进了屋。她让孩子坐在毯子上，让他不要动。在伯翰先生第二次唤她的时候，基顿小姐快步走出正门。但孩子不总是那么听话的，片刻之后，就在基顿小姐问伯翰先生是否有糖好让她用菜园里的苹果做果酱的时候，孩子走出来了。

"这是怎么回事？"伯翰先生带着一贯的好心情问道。

基顿小姐整个人僵住了。孩子就站在那里，他的猪手和他一起，看着坐在马车上的伯翰先生。但我们的眼睛并不是总能看见他人眼中的东西的。基顿小姐用自己的手盖住孩子的右手，不太自然地将孩子抱起，将孩子的右手藏在自己的左臂下。人的思维是有一定的模式的，而伯翰先生和其他人是无法理解孩子右手的情况的。在电光火石之间，伯翰先生的大脑并没有接收到他眼睛所看到的东西，伯翰先生的表情没有任何变化。基顿小姐连忙撒了个谎，把教区神甫说的话重复了一遍。那是她一个丧夫的表亲的孩子，表亲死了，基顿小姐就是这孩子唯一的亲人。

"那这个机灵的孩子叫什么名字呢？"伯翰先生问孩子。

基顿小姐没法回答。在那之前，她用各种各样的昵称来称呼这个孩子，但不敢给他起名字。她是什么身份？她能作这个决定吗？也许达斯特先生能给她些建议。车上的一个西瓜没有放稳，从箱子中掉了出来,伯翰先生下车将它放好。但刚刚的问题还没有得到回答,伯翰先生又问:"难道他没有名字?"

基顿小姐刚刚已经费了好大力气撒了一次谎,这次她摇了摇头,而伯翰先生则说:"这可不行。那就要让他去受洗!"

基顿小姐一边点头,一边想,伯翰先生说得有道理。孩子笑了,伯翰先生说,这孩子看上去很健康。

"他从来不生病。"基顿小姐说。伯翰先生有七个孩子,他说,这个孩子将会像石头那样结实。

之后,基顿小姐整天都在想着孩子名字的事儿。达斯特先生总是什么都知道,但是,要去教区神甫办公室才能和他说上话。她不能丢下孩子一个人在家。尽管她能小心些,将孩子的右手包好,但带着孩子去村里这个想法还是让她感到很不安。

在基顿小姐五六岁那年,费斯先生的一个儿子来到她家找她父亲,让基顿小姐的父亲去帮忙。费斯家的母驴正在分娩。一开始似乎进行得很顺利,但当小驴开始出来时,人们发现,母驴肚子里有什么正在扯着小驴不让它出来。当时,基顿小姐还不叫基顿小姐,她的名字是阿莉,她想和父亲一起去帮忙。但是,当基顿先生和他的女儿赶到费斯家时,一切都已经结束了。随着母驴最后的一推和费斯先生的最后一拉,大家都明白了问题的原因。费斯家的母驴生了头连体驴。那连体驴有两个头，八只蹄子和一个身子，人们都不知道那躯干里有些什么。刚出生的小驴还不知道自己身体的异样，想要站起来，而母驴则帮着小驴站起来。一旁的费斯先生失望地看着新生的小驴，他很清楚，这两头小牲畜一文不值。在将连体驴分开之前，他和斯库珀先生取得了联系。斯库珀先生认识很多对古怪东西感兴趣的人，如果连他也说这头连体驴没什么用处，那就是最后的结论了。但是，那头奇怪的牲畜吸引了不少人的注意。斯库珀先生提出了两个方案：一是让外科医生将两头小驴分开，二是将这头连体驴送到马戏团。斯库珀先生的营生就是促成交易。他成功说服外科医生，让他先把连体驴分开；在完成这一壮举后，再把两头驴合为一体。马戏团的人可以等，这样的话，两单生意都谈成了。但是，那两头小驴共用一个心脏。当医生将它们分开时，只有一头小驴可以生存下去。人们将死去的那头驴的内脏掏出，清理干净，将稻草塞进它体内，再将两头驴缝合起来。最后的成品非常滑稽，于是，马戏团团长毫不迟疑就付了约定的金额将它买下。十天后，马戏团开幕，阿莉和父母一起去了马戏团，看见小驴被绑在一驾马车上。它身上缝着一头和它一模一样的小驴。那头假驴的眼睛像玻璃珠似的，而小驴只能侧着身走。

达斯特先生坐在书房里，一边品尝着葡萄牙波尔图红酒，一边准备着礼拜天的布道。教区里最慷慨的教民——比伯夫人——建议他在星期天的布道里讲讲罪过和错误，如果可以的话，再讲讲像"彼岸""信任"和"不当占有"等术语的含义。"彼岸"是一朵蓝色的花朵，只长在遥远国度里的幽谷中。一个受到比伯夫人捐助的人在完成比伯夫人资助的远行后给她带来了一些种子。那是一种花儿的种子，开在攀藤类植物上。据山谷里面的人说，花儿一开，就是一封信。人们无需去解读寄信人是谁或信的内容是什么，不知什么原因，收信人的灵魂就能明白信的内容。这样，比伯夫人重复着她听到的话，向来宾介绍她花园中新加入的这种奇异的花草。在那次聚会的数周后，比伯夫人发现，蔡斯夫人的花园的角落里长出了一种攀藤类植物，那并不是园丁播种栽培的。那植物上开出了蓝色的花儿，其美丽并不逊于其他花朵。蔡斯夫人说，可能是风或昆虫把植物的种子带到了自己的花园中，但比伯夫人见过蔡斯夫人花园中那开蓝花儿的植物，她怀疑是蔡斯夫人受邀到自己家时偷了一根枝干。比伯夫人家的花儿还没开，这株植物自然不可能随风播种。这是指控对方的充分证据，但比伯夫人更担心这一事实会让别人察觉自己那糟糕的园艺水平。另外，这株植物还有那个浪漫的故事，比伯夫人的那株植物还没开花，她还没看到花儿的信件，所以，她希望达斯特先生的布道可以从另一个高度向蔡斯夫人把此事挑明。神甫又给自己斟了一杯波尔图红酒。他在将花名与布道内容结合的时候遇到了困难。女佣过来打断了他的思绪。有人来找他，是一个女人，叫基顿小姐，她和一个孩子一起。不知道为什么，达斯特先生紧张起来，他吩咐女佣让他们进来。他放下布道的内容，又给自己倒了一点红酒。基顿小姐一个人进来了，孩子并没有和她在一起。神甫感觉放松了下来，他起身向她打招呼。这时，孩子从基顿小姐的裙子后走了出来。他定定地看着神甫，然后将目光移向那挂在房间中最引人注目的位置的神甫画像。孩子不常见到生人，这是他第一次看到肖像画。他举起被绷带裹住的小手，想要引起基顿小姐的注意。他指了指画像，又指了指神甫。神甫不禁发出一声刺耳的叫声，猛地后退一步。基顿小姐吓了一跳，看着神甫脸上恐惧的神情，她看了看孩子的小手。基顿小姐对孩子的动作不以为然，想着是他看见新鲜事物的正常举动，但在此之前，神父可是在整整一个小时的时间里写着那谈论罪过的布道内容。

"我有什么可以为您效劳的吗？"神甫有点生气地问道。

基顿小姐毕恭毕敬地说出了来访的缘由：她需要给孩子起个名字，但不知道取什么名字好。神父看着一滴红酒在写着布道内容的纸上慢慢洇开。他无法忘记，正是将那个孩子带离他原本的家庭，他才得到那笔佣金，支付了那幅肖像画的钱。他听到基顿小姐说到孩子的父亲。

"父亲？"他脸色骤变，说道。

基顿小姐说，尽管孩子从来不知道、将来也不会知道自己的身世，但也许，一个恰当的做法就是让孩子沿用他已故父亲的名字。神甫说，她已经接受了那笔巨款，她承诺了不能问这样的问题。基顿小姐低下头，没有明白神甫那听上去让人觉得不太舒服的话。尽管如此，她一定要得到一个名字才能回家。于是，她想起了伯翰先生，说，孩子就叫洛克[①]吧。

"洛克？"神甫问道。

基顿小姐面带羞愧地看着神甫。她不应该将这个建议说得那么大声的。但是达斯特先生不想再见到他们了，就说，洛克是个好名字。

"我们可以现在就给他施洗。"神甫提议。

"现在？"基顿小姐吃惊地说。

随着神甫的一声呼唤，女佣从门口探出头来。神甫让她拿一罐水来，女佣很快就把东西拿来了。神甫把水罐放在桌子上，开始说起拉丁语。他站在书房桌子的一端，距离那对母子有两米的距离，直接把水罐中的水撒到孩子身上。水珠落在基顿小姐的裙子上。神甫清了清嗓子，说，撒水的动作只是个象征而已，不用担心，孩子已经受洗了。

---

① 洛克是 Roc 的音译，在加泰罗尼亚语中为"石头"的意思。

基顿小姐的孩子很快就发现自己的两只手是不一样的：一只手和猪的手是一样的，而另一只手则和阿莉阿姨的手是一样的。在他的脑海里，他认为，所有的生灵都来自同一个地方，所有的生灵都是不同动物的混合体。也许自己是个幸运儿，自己除了有一只可以挖洞的实用的手以外，自己还像猪一样聪明。阿姨说，猪是一种非常聪明的动物，所以要常常看着它们。它们有时候会要逃出猪圈，它们应该是对这个世界感到好奇吧。相反，伯翰先生是一个很和善的人，但看上去却不怎么机灵。也许他身体里有一部分是来自山羊的。有时，山羊的眼神会显得很机灵，但当它们反刍时，它们的脑袋似乎空空如也。尽管山羊和伯翰先生不同，它们并不显得特别和善，但这也是情有可原的——它们吃的都是干草。就这样，凭借这些其他人不理解的方法，孩子建构起自己的现实。每当伯翰先生驱车经过时，基顿小姐就会让孩子躲在屋子里。但如果她能提早听到马车声，她就会用一块破布把孩子的右手包裹好，让他出去向伯翰先生打招呼。基顿小姐对伯翰先生说，孩子手上裹布是因为他手上有一个没有长好的伤口。孩子会看着她用布把自己的手包起来，她包得那么细心和认真，确保布条把小手严严实实地包好，孩子也不敢询问她这么做的缘由。当她向伯翰先生撒谎时，孩子一句话也不说。不管是母鸡、山羊，还是猪，这些牲畜都不理会他的右手。孩子想，也许是因为山羊怕猪，而阿莉阿姨不想吓到伯翰先生。一天早上，一只母鸡的爪子受伤了，它拖着那只伤脚，一瘸一拐地走着。它没法站好，走得很艰难，在另外一只脚的支撑下跳着。基顿小姐不太高兴。她认为，这是鸡圈中母鸡间的争吵所造成的事故。面对这样的结局，那只母鸡也不太高兴，但最后，它习惯了只用一只脚保持平衡。有时候，为了让肌肉休息一下，它会小心翼翼地用那只伤脚支撑身体。人们很难知道这只母鸡究竟痛不痛。它还是像往常一样到处啄着，在太阳下抖动着羽毛。一天下午，当它在用嘴巴翻动着泥土时，一只母鸡突然没由来地啄了它一下。从那时起，其他母鸡也会去啄它。那只瘸腿的母鸡原本还可以与其他母鸡共处，但现在却不得不时刻保持警惕。它走得很费劲，这让其他母鸡能轻而易举地逮住它。当其他母鸡在晒太阳时，它自己一个躲在影子下，这样其他母鸡就不会去寻它的麻烦。它老是被啄，到最后，它的头骨都破裂了。一天早上，基顿小姐发现，这只瘸腿的母鸡死了。其他母鸡就在它身旁挠土，似乎什么都没发生。孩子看着那些母鸡。虽然阿莉阿姨说母鸡不吃肉，但他看见，有些母鸡的嘴巴上沾着血。于是，他明白了为什么阿姨总要在伯翰先生来的时候把自己的手给包起来——那并不是因为伯翰先生害怕猪。

一个三月的晚上，一股寒冷的烈风鞭打着房子。基顿小姐和孩子很早就睡下了。半夜，他们听见有脚步声。他们想，应该是牲畜为了避风而走到了屋子旁。第二天早上，天刚刚亮，孩子就起床了。他想看看牲畜们都怎么样了。他已经够得着门把手，可以自由进出房子了。他打开通向菜园子的后门，但刚走出去就立马回到屋里。有个人睡在门廊上。基顿小姐拿起一根粗树枝，孩子自己把自己的右手包好。那是一个身材巨大、长满毛发的男人。就在基顿小姐要打他的时候，男人睁开了眼睛。基顿小姐猛地后退一步，但孩子却一动不动。他很想去摸摸那人脸上和身上的毛，他连耳朵里都有毛呢！那男人看见他们，就站起身。他非常高大，体格强壮。基顿小姐又退后了一点。那男人摘下帽子，低下头。他似乎是个好人。

基顿小姐为他热了点汤。过了好一会儿，她才发现，那个男人也和她一样小心谨慎，他能听懂她说的话，却不会说他们的语言。孩子就坐在他前面，像看着一个故事里的人物一样注视着那个男人。孩子想象，男人应该来自一个遥远的严寒之地，在那儿，所有的人都和他一样毛发旺盛。男人把盘中的汤汁喝了个精光，站起身，说了一些他们听不懂的话。那天，基顿小姐不用提木桶，也有了可以用到明年冬天的柴火。孩子跟着男人到处跑，六岁的他就为帮助男人而做着力所能及的事情。那个陌生人从来没见过基顿小姐劳作，但在他的家乡，应该也有母鸡、山羊和猪，也有可以开垦和灌溉的土地,因为没有人对他说过什么,他自己就知道要怎么干活,把所有的农活都做完了。于是,基顿小姐要做的不多,有了很多时间来想事情。她从屋内观察着那个陌生人和孩子,由于一些她不想说的原因,她突然间就悲伤起来了。在屋外,陌生人正仔细查看孩子的右手,确保孩子不疼。他愿意为她效劳。显然,孩子和女人不愿意让别人看到孩子的右手是有原因的,但那就与他无关了。

晚上,基顿小姐在做晚餐,男人就坐在门廊上,孩子坐在他身旁。在沉默了几分钟后,男人开始说话。那似乎是对朋友的忏悔,但孩子却听不懂。他只听懂了一个词——玛格丽特。孩子感到很奇怪。他看着前方,菜园子光秃秃的,园子旁边也没有植物。到了春天,花草才会生长。于是,孩子想,也许,在那男人的故乡,玛格丽特[①]并不是花的名字。

在晚餐后,基顿小姐提议,让男人睡在牲畜所在的农舍里,说他们不能和陌生人睡在同一间屋子里。但男人坚持回到那天早上被发现时所在的门廊角落。第二天,当基顿小姐和孩子醒来的时候,男人已经不在了。

---

① 原文为 Margarita,在西班牙语中,既是女性名字,也有"雏菊"的意思。

当伯翰先生不再来看他们的时候,四季已经轮回两轮了。之前,伯翰先生来的次数也越来越少,间隔时间也越来越长了。在最后的几个月,伯翰先生总说头痛,说是有什么从他身体内部在吞食着他。在他消失了三个月后,基顿小姐猜想,也许伯翰先生的马车不会再出现在自己的花园门前了。在他最后一次出现的时候,他的脸上带着死亡的阴影。孩子会问起伯翰先生。他们不会再看见他了,伯翰先生应该已经死了。现在,所有人死后剩下的那部分,也就是他的灵魂,已经到天上去了。有时,尤其是晚上,阿姨会抬头看向天空,沉默好一会儿。夏天,她会坐在门廊上;如果天气冷了,她就会站在窗口看天空。孩子不知道她在看什么。不管怎么样,在地平线上,总有些东西是老人能看见,而旁人是看不见的,所以他们才会久久凝视远方。他曾在那个多毛男子眼中看到过这个眼神。那天晚上,他就坐在男人身旁,面朝菜园子。也许,人们是把东西藏在天空里,因为他见过阿莉阿姨剖开的牲畜,知道身体里面什么都装不下。但也许装得下灵魂吧。那灵魂应该是很小的,是不能吃的,因为阿莉阿姨总会将牲畜的所有部位做成食物,却从没有煮过灵魂。就这样,孩子得出结论,所有抬头望向天空的牲畜都将身体容纳不下的东西放到天上,终有一天,他们要到天上去,去他们保管那些东西的地方。

当伯翰先生还在世的时候,他经常称赞基顿小姐对猪的好心肠。他从来没见过有人会让猪自然老死的。基顿小姐知道，要将猪肉做成灌肠，她需要别人帮忙，而且是在家里的人的帮忙。她不想冒险。另外，如果她把猪杀了，那么她和孩子就显得更加孤单了。那头猪习惯了跟着孩子到处跑，而孩子则会在每顿饭后把自己能拿的剩饭剩菜带去给它。猪总是狼吞虎咽地吃下食物，这每次都让孩子感到很惊讶。有时，除了杀鸡，基顿小姐也会杀一头山羊。就这样，基顿小姐慢慢地就打消了将那头猪做成食物的念头。

四月的一天，基顿小姐浑身冷汗，不得不倚靠在羊圈的栅栏旁。三天后，她甚至无法起身了。相比于陌生人的来访，让她更担心的是让孩子自己一个人孤零零地留在世上。在地板的一块大木板下，藏着那个和孩子一同来到她身边的装满钱币的袋子。孩子按照她的指示，抓起一个锤子，将那块大木板撬起。袋子很重。孩子把袋子拿给她。基顿小姐没有力气起身，她摸索着，将覆盖天鹅绒袋子的布料扯掉。她已经没有力气解开袋子上的绳索了。孩子替她把袋子打开，基顿小姐把手伸进袋子，拿出了一枚钱币。孩子接过钱币，仿佛那是一块星星的碎片。硬币是冰冷的。他要从家里出发，沿着小路下山，直到到达那棵孤零零的大圣栎树。树就在路的尽头。然后，右拐，沿着较宽的那条路走。他可能会看不见那条路的起点和尽头，但他要沿着那条路一直走下去，就能到达村庄了。到了村庄，他不能被别的路或事情吸引，而是要沿着同一条路一直走，直到将村庄的房子都抛在身后。出了村庄后，他要拐进右手边的第一个路口，然后走到一间有三座方尖碑的屋子那儿。他其实也到过那儿，但那是他很小时候的事了。他要找教区神甫达斯特先生，告诉他，自己是基顿小姐的外甥，将他前来的原因告诉达斯特先生——基顿小姐病了，需要一个医生。他要将一个硬币拿给神甫看。这块金属可以引起人的注意，让人变得殷勤和勤劳。不管怎么样，他都不可以在外面过夜。在离开之前，他要再次藏好钱袋。让别人看见钱袋并不是什么好事。给一个硬币是有用处的，而给那么多硬币只会带来危险。

孩子小心藏好钱袋，然后就跑着出去了。

道路和距离都跟阿莉阿姨所说的一样。孩子走近了那些他一直只能在远处欣赏的风景，还看到了一些新的景色。每走一步，他眼前的世界都变得不一样。他跑着，脚下的路仿佛没有尽头，终于，他在地平线尽头看到了村落。随着他走近村庄，他眼前开始出现了不同的人、马车和狗。他不想引起别人的注意，他的心怦怦直跳。他一直赶路，不看身边的人一眼。只有在需要确认走的方向是否正确时，他才会抬头。就在他走过村庄时，他听到一声尖叫，感觉到有人用力拍了拍他的肩膀。当他看见那个撞到他的物体时，他正想拔腿就跑。那是一个皮球。小时候，他也有一个用破布做成的小球。他抬头，看见不远处正有一群小朋友，他们大喊大叫着，朝他做着手势。那是群孩子。他从来没有见到过其他孩子。在那群孩子里，有大的，有小的，有骨瘦如柴的，也有胖墩墩的……他看了看他们的手。他们的手都是一样的。他把皮球扔给他们，孩子们就继续他们的游戏了。他也很想走近他们，在近处端详他们，解掉手上的绷带——希望没人会注意到他的右手，和他们一起玩耍。但这又是另一段故事了。他回过神来，一直跑一直跑，直到离开村庄。阿莉阿姨说过的景色都深深地刻在他的脑海里，和他眼前的景色一模一样。村庄在身后，右手的第一个路口，道路尽头那有三个方尖碑的屋子。

开门的是一个女人。教区神甫不在，他出门远行了。不管他来这里的缘由是什么，他最好还是过几天再来了。孩子茫然地看着那个女人，而后者则准备把门关上。阿莉阿姨没有告诉他，遇到这样的情况要怎么做。山羊的分娩过程并不都是一样的。在大部分的情况下，它们不需要人们帮助，但是，有时候，可能出来的只有小羊的头，或是小羊的头和蹄子，或是只有羊的两条前腿。阿莉阿姨说过，如果出现这种情况，就需要随机应变了。孩子想，尽管教区神甫不在，也许这个女人也能帮助他。于是，他把要对达斯特先生说的话一股脑儿告诉了这个女人。阿莉阿姨说得对，在说到钱币的时候，那个女人又把门打开了一点。但是，她不相信孩子的话，她要求看看钱币。孩子将左手伸进口袋。女人低下头，好确保孩子没有骗她。但是，在几秒的时间里，有些东西吸引了她的注意。她定定地看着孩子手上的绷带。现在，她知道为什么基顿小姐的名字听起来那么熟悉了。

"你之前来过这儿。"那个女人说。

"我还很小的时候。"孩子一边回答，一边把钱币收好。

女人抬起头，沉默了片刻，又重新低头看着孩子，让他等一下，她去找医生。

片刻之后，一个长得很像伯翰先生的男人出现在孩子眼前。但这个人比伯翰先生更矮一些，更胖一些，也不像伯翰先生那么爱说话和爱笑。他们并没有按孩子穿过村庄的道路原路返回。那个女人说，最好还是抄近路，在往山顶更近一点的地方找路，这样会更省时间。这条近路几乎是竖直的，医生落在了后头，走得气喘吁吁。他们一边互相鼓劲，一边前进。女人和孩子不得不停下来等他，医生每走两三步就抱怨手提箱太重。一开始，女人还是用"您"来称呼医生的，但到了后来，她说的话慢慢变得粗鲁了。孩子发现，当她这么说话时，她总是低声说，而且都是试图走在孩子身后。在走完了最陡的那段路后，孩子回过头来。村庄就在脚下。女人拍了拍他的肩膀。不能停下,村庄已经在他们身后了。

已经听不见孩子的叫声了,也听不见人们的说话声或马车声。只有风声和鸟叫。

"你们从来没有下山来过村庄,对吗?"在三人走了好一会儿后,女人问道。

"对的,夫人。"孩子回答说。

"你的手是怎么了?"医生问道。那是他和孩子说的第一句话。

"我自己切伤了手。"孩子回答。他一步一步地走着,慢慢地,心中感觉到一阵不安。他没有停下脚步,而是想着山羊。也许,山羊并不是比猪更让人难以接近,它们仅仅是感到害怕而已。

"就你们两人住在山顶吗?"女人问。

孩子如实回答了每个问题,丝毫没有停下回家的脚步。医生摔了一跤,手提箱从手中滑了出去。孩子和女人回过头来。手提箱摔开了,箱口朝下。在医生将手提箱拿起时,孩子看到,手提箱内什么也没有。在地上,散落着一些工具,那是阿莉阿姨用来修理栅栏的工具,还有两瓶刚开的酒和一把两拃长的刀。孩子看了看地上的东西,医生看了看女人,女人看了看孩子。于是,孩子终于想起多年前的那次拜访——他和基顿小姐一起去找教区神甫。他走在阿莉阿姨的裙子后面,他们进了一个房间。在神甫和阿姨说话时,他回过头来,看见在他们的身后,有一个女人躲在窗帘后。而这个女人现在就站在他眼前。孩子的思绪回到此刻，他的目光从女人身上移开，转而看着身边的风景。他的脑袋被狠狠地击中，他倒在地上，听到医生和女人在远处的说话声。他瘫在地面上，血将他的身边都染红了。他听着那两人的声音越来越远，眼前就什么都看不见了。

有一只软软的手将他扶起。那股香味很是熟悉。孩子记不得了，但那股香气就飘浮在他出生后所呼吸的第一口空气中。他感觉不到撞击，也感觉不到疼痛或不安，他只能感觉到，那手掌和手指牢牢地握住了他那没有缠绷带的小手。

罗特夫妇将那孩子的尸体扔下山坡。他们不需要再掩饰什么了。显然，孩子是因头部受到撞击而死的。没有人看见他们曾经和小孩走在一起。人们有充分理由相信，惨剧是在孩子独自一人时发生的。根据孩子的话，他们要沿着较为宽阔的那条路走，直到看见一个独立的高高的山丘。在那里，他们要左转，然后就能到基顿小姐的家了。他们要怎么和基顿小姐解释孩子不和他们在一起的这件事情呢？一开始的计划是很简单的。罗特先生要假装自己是医生，希望得到一点报酬，好让他可以去买点烈酒解馋。他们会努力弄清楚基顿小姐究竟可以付多少钱。如果罗特夫人没听错的话，那个女人在多年前接受了一笔巨款，而她一直都是孤身一人生活，所以那笔钱很有可能还在。根据情况，罗特夫人再决定如何拿到基顿小姐剩下的钱。但罗特先生打乱了计划，现在，当他们到达的时候，就要随机应变了。不管怎么样，当基顿小姐问起孩子的时候，罗特先生最好闭嘴，让罗特夫人来回答。

当两人到达的时候，周围非常安静，只能听见罗特先生喘气的声音。他们穿过花园。屋子的门半掩着。罗特夫人说了句"下午好"，但是没有人回答。当他们走进屋子时，他们感觉到很不安。是空气的味道。房子里有一股与它的简陋所不匹配的香气。在房间的尽头，有一张床。罗特夫人对她的丈夫打了个手势。

"基顿小姐，医生来了。"罗特夫人高声说。

他们走到床边，看到了基顿小姐的头发，然后看到了她的脸庞。他们再往上看，看见基顿小姐睁着眼。

"她死了。"罗特先生说。

基顿小姐回过头来看着他们，把罗特夫妇吓了一跳。

"你们看见了吗？他们真的是母子呀。洛克和他的母亲长得一模一样。"基顿小姐气若游丝地说道。

在那一瞬间，突然刮起了大风。窗板开始击打着窗户。一股气流从门口进入了屋子，弄乱了他们的头发。在屋外，一阵狂风像一只手一样，准确地打开了猪圈的门闩，然后，羊圈的门闩也被打开了。猪看见旁边没人，就趁机逃走了。风继续吹着。羊群不敢离开羊圈，但风推着它们走出栅栏，将它们推到离房子很远的地方。突然，风停了。罗特夫人整理了一下头发。罗特夫妇回过头来看基顿小姐。她仍然睁着眼，但现在，她在看向门口。罗特夫人将手背靠近基顿小姐的鼻子。她死了。

"去找金币！"罗特夫人一边命令她的丈夫，一边从围裙的袋子里取出她从孩子身上夺过来的那枚钱币。

他们找的第一个地方就是那块半撬起的木板的底下，但那里什么都没有。他们用了好几个小时来将屋子翻了个遍。他们在花园和菜园子里挖洞，翻遍了所有牲畜的农舍，但没有金币的一丝影踪。太阳开始下山了。猪和羊都逃走了，只剩下那些母鸡。罗特先生一把抓起两只母鸡，而罗特夫人则没有心情去追赶它们。他们没有按原路返回家，而是抄了近路。这一天就这样结束了。天上有云，看不见一颗星星。罗特先生一手拿着手提箱，一手拿着母鸡，慢慢走下山，他手中母鸡的头敲击着路上的岩石。其中一只母鸡抬起了头，用力啄了下罗特先生的手。罗特先生发出一声哀嚎，不小心后退了一步，滚下了山坡，丢下了手提箱和母鸡。罗特夫人一边咒骂他，一边追在丈夫身后。如果孩子还活着的话，他们肯定有办法知道钱在哪里。罗特先生听不见妻子的话，他摔断了一条腿，失去了意识。

夜晚一片漆黑。车夫收到命令不作停留。达斯特先生提早回来了，他想回自己的被窝中休息。在马车经过的路上，有一具尸体横在路上，在一个斜坡下。在他身旁，还有一个无力拖动尸体的身影。只有马匹才看到这两个身影。车夫不知道马匹为什么变得不安，他努力控制住它们，在离开斜坡的时候，车夫更催促马匹快跑。马匹和马车从那两个身影身上跑过。感受到马车震动的达斯特先生将头伸出窗外。

"那是什么？"他问道。

"先生，我不知道。也许是一头死了的野兽吧。"

达斯特先生往车后看。他的头仍在车窗外，他不安地抬头看着天空，但什么都看不见。那天晚上，天空和大地似乎融为一体。于是，他将身体缩回车厢。

次日早上，在离那儿很远的地方，希尔茨夫人正四处寻找巴贝尔先生。在厨房门口，她碰见了史派西小姐，她正捧着托盘，托盘上放着吐司和茶。

"你拿着这些东西去哪儿？"希尔茨夫人问道。她刚从饭厅过来。在那之前，她跑遍了花园，却到处都没找到巴贝尔先生。

但是，史派西小姐似乎也在找他。巴贝尔先生让人将花园里的一张桌子放到别的地方，还吩咐史派西小姐，如果她看到希尔茨夫人的话，让希尔茨夫人去找他。希尔茨夫人没有明白女佣的话，但还是选择了照做。她从来没有在花园的北面见到过桌子，也不明白巴贝尔先生让人将桌子搬到那儿的原因。女佣应该是弄错了。但是，在裙子被花草钩了两次、在因那不同寻常的走动而责骂了史派西小姐之后，希尔茨夫人发现自己来到了花园的一角，一个她之前从不知道的角落。巴贝尔先生就在那儿。他坐在他命人搬来的桌子旁，等着他的吐司。

"欣赏一下这里的风景吧，希尔茨夫人。"巴贝尔先生一边抬头看她，一边说。

希尔茨夫人回头看向宅子的墙壁。在她面前的是莫特森大宅朝北的外墙，一株攀藤开了花。花儿是蓝色的，她从没见过那种花。这株植物覆盖了一楼的窗户以下的所有石头。

"真好看呀，是吧？"巴贝尔先生喝了一口茶，感叹道。

那天早上，透过房间的窗户，起床后的巴贝尔先生看到园丁正陶醉地看着宅子，于是他决定走出去看看园丁究竟在看什么。在他走到宅子外时，看到了一株攀藤上开了一朵美丽的蓝色小花。他沿着宅子东翼窗户的新苗寻找，一直走到了他现在所在的位置——那里就是所有奇迹的起源。

"那应该不是能在短短的时间里就能长成的。"希尔茨夫人指出。

"所以我们要感谢史皮格尔先生的慧眼。"

据园丁所说，约在一年前，他就看到了这株攀藤的萌芽。尽管这株攀藤很大可能是野草，但史皮格尔先生还是决定给它一个机会。它的叶子很漂亮，也不会入侵到别的植物的领地。希尔茨夫人听着巴贝尔先生的复述，但她心里清楚园丁先生没有将这株植物拔掉的原因——他是那么迷信的一个人，不管是一开始还是到最后，他都不敢将这棵植物连根拔起的。巴贝尔先生回过头来，看到希尔茨夫人正看着孩子曾经住过的那个房间的窗户。攀藤的根就刚好在那个窗户下方。自从她将孩子和基顿小姐抛在身后之后，希尔茨夫人就不断地问自己，为什么将自己的真名告诉了那个女人。

　　"请坐，希尔茨夫人。"巴贝尔先生说。

　　希尔茨夫人惊讶地看着他。巴贝尔先生从来不会破坏主仆之间的礼仪规矩，而对于希尔茨夫人来说，接受这一邀请也是不符合她的处事方式的。但是，她还是坐下了。在花园那荒草丛生的隐蔽角落里，巴贝尔先生和希尔茨夫人面朝那株开蓝花的攀藤，两人静静地喝着茶。

　　那头从基顿小姐家逃离的猪漫无目的地游荡着。它听到了一阵熟悉的声响。那是一辆马车。驾车的是一个男孩，直至到了家，他才发现有一头猪跟在车后。在家里，他的母亲和六个兄弟姐妹正等着他。

"事情办得怎么样了？"母亲问道。

"不怎么顺利，"男孩一边回答，一边回头看向马车，"但您看，有什么跟着我一直到这儿了。"

"它已经很老了。"母亲说道。

这家里的其中一个小女儿唤她的母亲：她那个年纪最小、最淘气的弟弟将手伸进了猪刚拉出的粪便里。伯翰夫人责备着孩子，孩子则将手上的脏物洗干净。伯翰夫人的声音慢慢变小了，她的眼睛盯着孩子的手，突然不说话了。他拿着什么？伯翰夫人和其余六个孩子走近了这个小家伙，但是，当他们要张嘴说话时，他们不禁闭上了眼睛。孩子的小手上有些什么让他们目眩。伯翰夫人和她的孩子们回头看向猪的粪便，惊呆了。

掘墓人的儿子

死亡随时都可能到来。一个不知名的女人就在她怀有六个月身孕的时候被死神带走了。在一个墓园中，一位好心肠的牧师免费为她做了最后的祝祷，掘墓人将那裹好的尸体丢到公共墓穴中，再用泥土掩盖好尸身。大家都知道她怀孕了，但是，所有看见尸体的人都没有吭声，他们都以为她腹中的孩子也随着母亲一起死去了。

事实并不是这样的。胎儿继续从母亲死去的身体中吸收养分。而当黑暗即将吞没这个刚刚出现的小生命时，唯一一股有能力改变胎儿命运的力量伸手了。那是死神。那个在不经意间带走他人灵魂的死神，却注意到了这个孩子。

在几百年前，死神心里就有了要当母亲的想法。她原本以为，这个想法会随着时间的流逝而消散。不管怎么样，她都没想过会为生者的世界中的事情而起一丝波澜。但是，被胎儿的心跳所吸引的死神在走近孩子、把手伸入肋骨下要夺去孩子的生命时，她动摇了。她那细长的、冰冷的手指在那小小的心脏周围移动，却没有碰到它。只要她轻轻一碰，这颗心脏就不会再跳动了。她没有理由不这么做。这个小生命的继续并不是人们意料之中的。但是，只要愿望足够强烈，就能找到合理的理由。而死神也找到了属于她的理由。如果胎儿继续发育，陪伴胎儿的将不是母亲的心跳，而只有寂静和昆虫围着骨头打转的窸窣声。胎儿会在死去的纤维的包裹中出生。这将是她的女儿，死神的女儿。于是，满心期待的死神把手收回，决定不让胎儿死在这个墓穴里。

老鼠、蜘蛛、蜥蜴……这些小动物都立刻开始对墓地的这个角落起了疑心。鸟儿也避免飞过这个区域。有一些毫无准备的鸟儿从空中或从地面上进入墓穴的范围，它们都会突然死去。附近树上的果子总在最甜蜜多汁的时候落下。不管果树是在公共墓穴的哪个方向，掉落的果实总会滚到墓穴那儿。就这样，死神照顾着那个快要出生的宝宝，将这片吸收了尸体所分解的营养的土地变为母亲的腹部，努力想要为胎儿提供养分。

在七个月又三周的发育后，胎儿开始有动静了。那个最终决定向在河边乞讨的少女表白爱意的乞丐死在了墓园门口。一般情况下，他的尸体应该会留在地上几个小时或几天，但不知道为什么，乞丐的尸体开始迅速腐烂，散发的气味引起了路人的注意。路过的人将此事告诉了警察,警察又将此事告诉了掘墓人。掘墓人就急忙将乞丐的尸体搬到墓园里,开始挖土埋葬尸体。

死神就这样静静地看着,等着。分娩的时刻到了。孩子要出生了。一直负责将灵魂运送到另一个世界的死神从来都没有像此刻那么全神贯注。在距离墓园以南四条街的法庭院子里,一个女人颈部系着绳结,最后一次向前来观刑的人们大喊,说自己是无辜的,自己没有通奸。相比眼前这未完成的工作,更让身披斗篷的刽子手担心的是一部戏剧的台词——他在这部由业余爱好者创作的戏剧中扮演一个角色。行刑人确认死囚脖子上的绳结没有出错,便打开了女人脚下的地板。死囚的身体就直直地被挂起来了。她颈后的椎骨发出一声嘎吱声,引得在场的人发出一声"哎呀"。几秒后,双脚距离地面一米的囚犯睁开了眼睛,抬头往上看。她满心好奇想要看看另一边的世界是怎么样的,但失望的她只能看到一样的面孔。人们开始往后退。"哎呀"声变成了惊讶。一些人大喊,说这是正义的上帝所赐下的神迹,哀求说女人是无辜的。在座的一个女人的表情最为大惊失色。在听见人们要求找出真正的罪人后,她离开了法庭,消失在人群中。

在墓园里,掘墓人快要把墓坑挖好了。突然,他察觉到一件奇怪的事:土地是松软的。直觉让他更加小心地继续挖掘。他在墓穴中弯下了身子,将手肘往后缩,准备要铲下最后一抔土。但是,在铁锹碰到泥土前的一瞬，一只小手在墓穴的骸骨中摸索着开路。掘墓人没明白眼前的事情，握着铁锹的手一松，铁锹掉落到地上。掘墓人把双手插入土地中，他立刻感觉到了一个柔软的身体。他非常惊讶，像拔洋葱一样从墓穴的深处取出了一个刚出生的婴儿。婴儿的肚脐连有一根粗壮的扭曲的像树根一样的东西，连带着人体组织的残骸，像血管一样布满了整个公共墓穴。掘墓人砍掉这粗根，好把婴儿和土地分开。掘墓人伸长了手臂，惊讶地看着他手中的这个婴儿。这个刚出生的婴儿口中吐出一把泥土，吸了一大口空气，然后放声大哭起来。

死神感到无比雀跃。在法院，人们把女囚的尸体再次抬到绞刑架上。一个公务员对行刑人下令，在女囚再次登上绞刑架后，在观刑的人扑上来之前，立马用力将犯人脚下的地板拉开。女囚不知道自己在哪儿。她感觉自己没法伸直脖子了。行刑人将她抬到绞刑架上，而女囚则不停地摇晃身体，再次说自己是无辜的。但是，死神重新将注意力投放到世界当中。在踏上绞刑架时，女囚倒在了行刑人脚下。看她的脸色，似乎是几分钟前就被绞死了。于是，观刑的人也都纷纷散开了。

只有掘墓人看见了在墓园发生的这一幕。他把孩子从墓穴中取出，之后就把乞丐埋在墓坑当中。掘墓人用外套裹好这个刚出生的婴儿，尽量不让别人看见，悄悄把孩子带回自己家里。他就住在墓园里的一间小屋子里。他把门关上，然后把婴儿放在桌子上。他刚刚经历的事情太神奇了，让他不得不看了又看自己的手掌，好确定手上还有婴儿腹部的粗根留下的痕迹。之前，这个墓园里的掘墓人是索乐先生，而他则是索乐先生的助手。在索乐先生死后，他应索乐先生的邀请接受了这个岗位，也得以在这间屋子里居住。掘墓人站在婴儿旁边，想起了索乐先生之前对他说过的一件事。

在波特先生下葬前夜，波特夫人来找索乐先生，对他提了一个非常奇怪的请求。她希望第二天，在所有出席葬礼的嘉宾都离开之后，索乐先生把她丈夫的棺材挖出，取出棺材中的尸体，脱掉尸体身上的衣服，然后立刻重新将浑身赤裸的波特先生直接埋入土中。为了让索乐先生顺利完成这项任务，波特夫人向他解释了她为什么要提出这个莫名其妙的请求。

当波特夫人还是未婚的毕塞尔小姐时，她每年秋天都会在自家花园里种下一株郁金香，以待春天花开。但有一年，到了百花盛开的季节过去、树木凋零的时候，她前一年种下的郁金香还是没发芽。那郁金香的球茎甚至没有冒出一丝绿芽。换做其他人，一定会认为这颗球茎死了。但毕塞尔小姐很肯定，这株郁金香还在地底下活着。不管天气怎么样，她总会背着父母偷偷跑到花园和这株郁金香说话——她的父母完全无法理解女儿对这株花儿的痴迷。但是，在种下郁金香的泥土上仍然什么都没有出现。秋天过去了，冬天也过去了。在新的一个春天到来的时候，毕塞尔小姐仍然等待着。她每天都毫不例外，都会在那片贫瘠的泥土旁俯下身子，对着泥土说话。之后到来的是一个炎热的夏天，紧接着是又一个秋冬。在三月的末尾，一个裹着披肩的年轻人出现在毕塞尔小姐的家门前——他身上的披肩正是毕塞尔小姐之前忘在自家花园里的。毕塞尔夫妇决定收留这个年轻人，直到他恢复失去的记忆为止。但这个年轻人一直没有恢复记忆，也不说话。棱特医生对他做了彻底的检查，确定这个年轻人是个哑巴。但是毕塞尔小姐心中一直有一个猜想。一天，一个女佣说，在她们为这个初来乍到的陌生人清洗打扮时，年轻人脚下带了很多泥土。这让用人们非常惊讶。门后的毕塞尔小姐听见了这些话，证实了自己心中的猜想。波特先生的名字是她取的。她对父母撒谎说，这个年轻人在清醒的时候把名字写在了纸上。尽管毕塞尔先生最终并未完全相信这个相比红酒、更喜欢喝水的年轻人，但他也无法阻止自己的女儿和这个年轻人结为连理。

"我们生活得很开心。"这位年轻的寡妇对索乐先生说道，而索乐先生当时以为她疯了。"但是，没有植物球茎可以活那么久，"她心痛地说，"以防万一，您就按我说的做吧。"

婴儿静静地躺在桌子上。婴儿的出现让屋子里充满了平静，这是一种和掘墓人独自居住在墓园中所习惯的平静不一样的感觉。没有人会相信他所说的话的。他应该把这个婴儿交给警察，告诉他们，这是被遗弃在墓园门口的孩子。掘墓人站在婴儿旁边，伸出了手。他碰了碰孩子，眼里充满了泪水。在面对这个纯洁的生命时，掘墓人有太多的理由落泪了。他不会把孩子交给警察的。他经历过孤儿们要面临的漂泊的未来。当他第一次把这个孩子放在掌心时，他感觉到自己成为了所有人共同所属之地的一部分。

那个晚上，在掘墓人和婴儿睡着时，死神走近了那个被掘墓人临时当作摇篮的箱子。当死神靠近时，所有的生命都会感到不安，但这个孩子却没有反应。他感受到了之前在地底下彻夜陪伴他的伙伴，呼吸很平和。死神感觉到了她和孩子之间的联系。她不会让自己的孩子发生意外的。但死神是夺取生命的专家，却不是孕育生命的专家。在她代替孩子那死去的母亲为孩子供给营养时，她忘了一件事。她忘记了生命女神精心编织的一个不可或缺的要素，那是所有生灵都拥有的、到死前仍紧握不放的一个要素——她忘了把希望给到这个孩子。

没有人会想要为别人承担责任。当掘墓人身边的人得知这个沉默的男人要照顾一个新生的婴儿时，他们什么都没有问。那个片区的警察猜想，孩子应该是一个在那儿附近工作的妓女托付给掘墓人的；妓女们猜想，孩子应该是收钱做些见不得人的勾当的斯坦恩夫人托付给掘墓人的；斯坦恩夫人猜想，孩子应该是酗酒和好赌的库鲁姆先生委托给掘墓人的。库鲁姆先生隔三岔五就会在墓园中与人私会，有时，如果天气不好，他还会在掘墓人的屋子中停留。他从未察觉屋子中有个小孩，所以他就什么都没想。

墓园是一个非常好玩的地方。一岁多一点时，伍迪就开始在墓园里跑来跑去了。墓园里有很多昆虫可以追逐，有很多墓间小路等待着被发现。但是伍迪不说话。他在地底下就习惯了感受打破宁静的每一个小声音。幼虫爬动的声音、屎壳郎挖隧道的声音、树根生长的声音……在他离开地底后，大量的画面和声音蜂拥而来，他需要消化了这些信息才能说话。掘墓人并不因孩子的沉默而担心。当掘墓人看见伍迪专注地看着身边的事物时，小柯尼和他最后的话语闯入他的脑海当中。小柯尼是掘墓人在孤儿院认识的一个男孩。一天，当全部小孩都在院子里面玩耍的时候，小柯尼爬到了一棵树上，想要看看关着他们的高墙外面有什么。当他爬到树顶时，他掉了下来。他瘫在地上，没有了脉搏。人们都以为他死了。但过了几分钟，小柯尼又恢复了意识。就在福斯克先生想要惩罚小柯尼以儆效尤时，孤儿院的院长陶普先生出现了。他是神学家，对死亡之后的世界很是着迷。他问柯尼在死去的那几分钟里看到了什么，但小柯尼一句话也没说。面对小柯尼的反应，陶普先生并没有让柯尼双手平举地在室外站到午饭时间，而是命令说让柯尼接受体罚直到太阳下山。那天晚上，大家都睡了。尽管很累，小柯尼还是爬上了那不可逾越的高墙，逃离了孤儿院。在离开之前，他叫醒了旁边床上的小男孩。柯尼穿着睡衣，披着外套，手拿鞋子，对这个男孩说："你会在安静中到达真相所在之地的。"在消失在那一排排小床中之前，他又补充道："他人的回答只会让你远离你所知道的。"福斯克先生轻轻拍打他脸庞把他叫醒，但掘墓人一直不知道小柯尼究竟看到了什么，也没有对任何人说过那些像谜语般的话语。后来，在他满十四岁时，索乐先生租用了掘墓人，让他帮忙清理墓坑和掩埋尸体。就在那个多雨的秋天，波菲先生一家二十口人因食物中毒全部死了。掘墓人想着那在孩子的眼中是那么巨大的高墙，想着小柯尼是怎么爬到孤儿院的高墙上的，便不再害怕墓园中弥漫着的那不祥的气氛。显然，不管小柯尼在树上看到了什么，对他而言，生命都是比死亡更可怕的东西。现在，看着伍迪的眼神，那看着外面的世界却不觉得外界的信息与其内心世界相悖的着迷的眼神，掘墓人开始明白小柯尼的话了。

一天下午，快满两岁的伍迪在墓园的一个角落里玩着小石子。那里一片寂静，只有小石头碰撞的声音。没有一丝风，树叶和鸟儿都似乎变得很遥远。伍迪身边只有墓碑。一只屎壳郎正在地底下爬着。伍迪的听觉能完美地辨别那常人无法察觉的声音。对他来说，那就像是他尚是胎儿时听到母亲透过子宫传来的声音。他让石头从指间落下。屎壳郎爬出地面，伸展翅膀飞了起来。伍迪站起来，拼命地向昆虫伸出手，说出了生命中的第一个单词。满心激动的死神当时就在旁边。她是唯一一个见证者。

墓园里的日子总是平静的。春天，一般会有更多人来墓园，墓碑前总是放满了鲜花。夏天则是翠色葱茏的，生命的绿意覆盖了这块肥沃土地的每一个角落。秋天，光线让墓碑变得更加温暖和孤单，而在冬天下雪的时候，几百个墓碑在白色的寂静中显得更加突出，让墓园变成了童话中的场景。但是，不管是什么季节，墓园中总会有葬礼。伍迪每周都会陪父亲去市场买东西。他从那小小的身躯看着优雅的马车上的乘客，驾车的车夫大喊着为马车开路。他也看着那些不那么豪华的马车上的乘客，车夫也是一样大喊着为马车开路；还有那些穿着得体的人，那些乞讨的人，那些衣着讲究、鱼贯而行的女士和那些妓女，那些在街上奔跑却没有人为他们担心的小孩和那些与保姆们一起走的小孩。他还看着卖豆子的人、卖菜的人、卖肉的人……他知道，这些人的棺材和葬礼都是怎么样的。这个忙碌的世界让他着迷。在这个世界里，人们在墓碑上写字。而他就是看着墓碑上的字学会认字的。他之前一直不知道自己是属于这个世界的，直到某天，当他和父亲去市场时，面包店的老板娘问掘墓人："这个孩子几岁了？"

"四岁。"掘墓人回答道。

那时候，伍迪已经会数数了。他知道自己几岁。但在那之前，他还不知道"岁"是什么意思。当他遇到不认识的字时，他总会问他的父亲。看着孩子会认字了，掘墓人感到非常自豪。他自己是在孤儿院中学会认字的。对他而言，将在那忧伤岁月中学会的知识传授给伍迪就意味着将自己那悲惨过去的一部分重现和传授给孩子。

"这是什么意思？"一天，伍迪指着墓碑上名字之后的日期，问掘墓人。

"这是年份，"父亲对他说，"是出生和死亡的年份。"

那天早上，面包店的老板娘在市场对掘墓人说起了她那出生几个星期就夭折了的儿子。

"他死在我的怀里，"老板娘一边回想着时间，一边在回忆中失神，她垂眼看着手肘，说道，"但这是几年前的事了。"

伍迪知道，年岁迅速远去，同时又是那么近，因为他几乎能在老板娘的眼中看到她口中的那个孩子，而这件事情已经过去很久了。

离开市场后，伍迪和父亲一起像往常一样在墓园的小屋子里吃午饭。掘墓人吃得飞快,把自己盘中的白菜炖土豆一扫而光。他还有工作。孩子每天下午都会跟着他忙活,问他墓碑上的日期。就这样,在掘墓人还未明白孩子为什么对日期那么感兴趣的时候,孩子就学会减法了。

从那时起,伍迪开始在墓园走动,一边数着那些已经离开的人活了多少年。当他去市场时,他会留意身边的男女和小孩,尝试猜猜他们的年龄。他也会留意人们的对话,听着关于鱼肉价格的对话或天上云彩是否预示着之后会下雨的讨论。看着那些眼睛,他会想到那些死人的眼睛。没有人会想到,一个四岁的孩子会那么关注自己日常的工作。那些人在世的时候会做什么呢?慢慢地,伍迪开始失眠了。他合上眼睛,却还能看到白天看到的情景。那都是零碎的、没有任何联系的情景。不知道为什么,这些情景总能让他不安:年轻的科尔昆小姐正等着屠夫给她切肉,而屠夫却开着不得体的玩笑,不自觉地把唾沫星子喷到肉上;肌肉萎缩的塔特先生在买核桃,因为据说每天吃核桃可以延年益寿;蔬菜店主的两个女儿都有着卷发和发黄的皮肤,她们坐在苣菜的箱子间,当昆虫经过她们身上从一个箱子跳到另一个箱子上时,她们也纹丝不动;糖果店主的儿子是一个眼带青斑、眼神迷离的孩子,伍迪从来没见过他玩耍……半夜,伍迪睁开眼睛,看见面包店的老板娘怀里摇着一个刚出生的婴儿,问伍迪几岁了。然后,伍迪脑海里就出现了那些墓碑、那些日期、那些人、那些孩子、那些看着女孩的女人、那些看着女人的女孩、那些看着女孩的妓女……最后,他听到父亲说,他,伍迪,还只有四岁。

晚上,死神总会向孩子伸出手。每一次她都感到非常满足,觉得是自己的儿子在拥抱自己。但是,年纪尚小的伍迪和被拥抱的需要让她忘记了其实她之前已经感受过这种拥抱了。但在李德夫人下葬的那天,她记起来了。

李德夫人最害怕的就是被活埋。她写下遗言,在她的尸体远离生者的世界之前,要在她的手腕上绑一条绳子,绳子要连着一个放置在墓穴外的铃铛。里德斯夫人是李德夫人的女佣,已经侍奉她六十年了。李德夫人要求她守在坟墓旁三天三夜,注意铃铛的动静。在那么多年的时间里,李德夫人一直对里德斯夫人不断提出要求。里德斯夫人从十二岁就开始在李德夫人家工作。她已经上了年纪,李德夫人的离世还给家里添了很多的事务。因此,里德斯夫人感到筋疲力尽,在坟墓旁的椅子上坐了好几个小时的她闭上眼睛睡着了。不知是在噩梦里还是在现实中,她突然惊醒。她好像听到了铃铛的响声。她立马站起来,去找掘墓人。那时,伍迪在挖坑玩耍,掘墓人经过他身旁,里德斯夫人神情紧张地紧随其后。他们俩走到李德夫人的墓地，里德斯夫人坐立不安。她没有看到开棺的瞬间。最后，当铁锹碰到棺木时，她屏住了呼吸。在深深吸了一口气之后，她的神情更加惊讶了。掘墓人打开棺木。不出所料，李德夫人全身僵硬，脸色发灰。掘墓人回过头来，确认可以合上棺木了。但在他身边的还有伍迪。伍迪比里德斯夫人离棺木更近。里德斯夫人跌坐在椅子上，呼吸逐渐平缓了。掘墓人重新盖上了棺椁。他不明白，为什么伍迪一直死死地盯着里德斯夫人看，反而没有对李德夫人感到一点好奇。

夜色已深，掘墓人睡着了。伍迪躺在床上，看着天花板。光影随着时间流逝和日夜更迭而变化，但天花板还是那个天花板。一滴泪珠划过伍迪的脸庞，但伍迪的脸色没有丝毫改变。死神弯曲了双臂，但从那时起，她慢慢地开始为孩子给她的拥抱而感到不安。

尽管发生了这个小插曲，但里德斯夫人还是遵照李德夫人的指示，连续在墓旁坐了三个晚上。到了第三个晚上，她拿起椅子，离开了墓园。

时间一点点地过去了。蔬菜店老板的两个女儿在蔬菜的围绕下快活地长大了，塔特先生去世了；科尔昆小姐结婚了，现在屠夫就和乌纳摩尔夫人的新女仆开玩笑了；糖果店老板的儿子眼中还是充满了青斑，在听到鱼店老板说起捕鱼的事情——比如那个和鲸鱼一起生活的女孩儿——时会微笑；面包店的老板娘继续在卖面包的时候向每个母亲询问孩子的年龄。

掘墓人见过很多悲伤的孩子，但伍迪的忧伤是有点不一样的。伍迪才五岁，但他的耳朵和面容看上去已经很疲累了。当掘墓人看向伍迪的眼睛时，他似乎在孩童的眼眸中看见了自己的倒影，看见了那个被那股推动时间流逝的无形力量推着往前走的自己；他似乎看到了两岁的自己，那个坐在马车上、两手空空地被带到孤儿院、手指紧紧地握着外套纽扣的自己；他似乎看见了十六岁的自己，那个在墓园中看着天空、向怀中的妓女诉说着未来计划的自己。妓女笑着听他说话，而索乐先生正在屋中和库鲁姆先生喝着啤酒。那时候，库鲁姆先生还有妻儿，尚未混沌度日。伍迪是一面镜子，透过他，每一个人都能从中或多或少地看到自己不堪的影子。伍迪的眼神中埋藏着不解，那是对他人继续过着被安排好的生活的不解，对他人不管有无理由继续心怀幻想的不解。掘墓人开始失眠了。他没法向他人诉说自己的恐惧，因为他没法说出伍迪是怎么来的。他也不敢和孩子说这些事，孩子肯定会提问，而他不知道怎么回答孩子的问题。那只在泥土中开路的小手一次次浮现在他眼前。为什么他会找到这个孩子？是谁创造了那似乎没有力量活下去的可怜的小孩子呢？在玩耍的时候，伍迪还会和坟墓说话。孩子们一般会和身边的东西说话，好向自己解释自己明白的东西，为自己解释他们当时身边的世界。一天早上，掘墓人听到伍迪对坟墓说话，他偷偷地倚在伍迪玩耍的那个墓碑后。那是一个婴儿的坟墓。掘墓人认真地听着。也许孩子会在游戏间说出那让他日夜不安的事情。但是伍迪说话的声音太小了。掘墓人向上看。他是一个简单的人，很多年前他就学会了不要向生活要求太多。当伍迪起身准备继续在墓间小路玩耍时，他被吓了一跳。

"你在这里做什么？"伍迪问道，而掘墓人却不知道怎么回答。

伍迪并没有因此而在意。

"爸爸，有些孩子甚至还没成年呢。"他对掘墓人说，听上去似乎是在现实中找到了什么安慰。

掘墓人对孩子露出一个勉强的笑容，之后紧紧地把他拥入怀中，好让他看不到自己那蒙上了一层阴影的脸庞。

在大部分的故事里，童年只是一个开始。但掘墓人的儿子没有成为大人。在他七岁那年的一个清晨，他趁父亲还在熟睡的时候就离开了墓园的小屋子。他赤脚走在坟墓间。伍迪走过了邦科先生那没有树荫遮盖的坟墓，坟墓上布满了飞鸟的粪便。邦科先生在死的时候恰好在为自己的信鸽喂食，这些信鸽对被周遭厌弃的孤僻的邦科先生很是尊敬，常在他的坟边停留。伍迪走过了科赛特夫人的坟墓，她在因一块鸡骨头而噎死的时候正和丈夫说着不吃红肉的好处。伍迪走过了斯彭达兄弟的坟墓，他们俩是在一次激烈的争吵后被烧死的。人们无法分辨两人的身体，只好把他们俩合葬在同一个棺材里。在经过他最喜欢的坟墓时，伍迪也没有停留。那是一个婴儿的坟墓，墓碑上有一个大理石雕刻的少女。死神跟着他。她不情愿地跟着他。伍迪抓住她了。她知道他们要去哪儿。孩子从来不知道自己是怎么来的，但是他去找那块他觉得最柔软的土地，那块最经常被翻动的土地，那块既没有墓碑也没有棺材的土地，那块距离行人和市场最远的土地。那是公共墓穴。伍迪躺下，闭上双眼，用力地拥抱死神。即便死神叫喊，生者的世界中的人也是听不到她的喊声的。掘墓人跑遍了整个墓园，想要找到伍迪。当他跑到公共墓穴时，死神的指尖还触摸着伍迪的心脏。

很多年以后，死神才重新见到掘墓人。那是一个春日的早上。掘墓人对自己的助手说，自己感觉累了。这个小伙子从三年前就开始当他的助手了。掘墓人想要休息一下。走在回小屋子的路上，他停住了脚步。有什么吸引了他的注意。他环视周围的墓碑，定定地看着某一处，然后露出了笑容。他继续走着。他走进小屋，脱下靴子，大字仰面躺在床上。死神再等了一会儿才会把他带走。在屋子的这个时刻勾起了她很多回忆。要离开墓园时，死神停在了掘墓人之前停下的地方。是什么让他露出了笑颜呢?她环顾周围的墓碑,却什么都没看到。

过了好一会儿,年轻的助手才发现了掘墓人的尸体。助手当时在忙着清理枯枝和野草。在那个春日的早上,他想去墓园的小屋子咨询掘墓人的意见。他意外发现了一样东西,而不知道要怎么处理:一株萌芽的郁金香。

迪瑟查彭大宅

佩塔罗夫人从来不会在十点前起床。她也不会在十一点后起床。但那天,已经十二点了,她的房门仍是紧闭的。关于她的作息时间,佩塔罗夫人对用人们下了严格的命令:谁都不能打断她的睡眠。那个冬日,外面正下着鹅毛大雪。在破晓前,地面已经有了积雪。谁都没有想过要去敲她卧室的门。

大钟过了一点的时候,在房子的另一个地方,勒克乌塞夫人的侍女走进厨房,说勒克乌塞夫人可能不下楼吃午饭了。勒克乌塞夫人是佩塔罗先生的二堂妹,每年冬天都会受邀来到佩塔罗家中。她的身材很像火鸡。据她的裁缝师傅所说,她数得上是全国体形最差的女人,如果不看脸部或颈部,就很难区分她的正面和背面。侍女也不能确定发生了什么,但奇怪的是,到了中午时分,勒克乌塞夫人还没走出自己的房间。那天早上,像往常一样,侍女把早餐送到了她房间。勒克乌塞夫人对食物的喜爱是出了名的,她一般都会很喜欢早餐。但是,在开门前,捧着叮叮作响的瓷器的侍女听到了从门的另一侧传来了一声大叫。显然,勒克乌塞夫人不想被打扰。从那时起,侍女就不再敢走近那个房间了。

厨师一边嘟嘟囔囔,一边把法式红酒炖兔肉盛到盘子里。新来的女佣拉特梅小姐还没出现。那天一早,拉特梅小姐没有下楼吃早餐,于是人们上阁楼去找她。床铺还没有整理好,但是拉特梅小姐却不在房间。没有用人看见她是什么时候离开房间的。在厨房里,用人们讨论着拉特梅小姐在这么寒冷的雪天离开宅子的原因。

迪瑟查彭大宅前厅中的大钟响了。下午一点半,宅子里的三个女人以不同的方式消失了。

佩塔罗先生远远地听见了钟声。他正在饭厅里细细品尝着法式红酒炖兔肉。他已经很久没有这么享受食物了。他得感谢自己那不知为什么缺席午餐的妻子和堂妹。尽管作为男人的他拥有在女士们的谈话中分神的能力,但现在他甚至不需要假装对他人的谈话感兴趣了。当用人问他是否不管怎样都为他盛上午餐时,佩特罗先生显得很惊讶,似乎并不明白用人的问题。迟早会有人传来关于两位女士的消息的,或者更糟糕的是,他的妻子和堂妹会出现在饭厅,向他说一些让人无法忍受的琐事。那么,现在最好还是当作什么事都没发生,尤其是不要提问。如果他从用人们口中得知两位女士缺席的原因，他如今享受的平静肯定会被打破的。在他还没吃到一半的时候，佩塔罗先生担心的事情还是发生了。他听到了一阵走向饭厅的脚步声。

在走进饭厅时，宅子的管家吉索特先生缩小了步子。他立刻就走到佩塔罗先生身旁。佩塔罗先生把眼光从碟子上移开，抬头看着吉索特先生，为他的小步子而感到奇怪。

"你看上去很惊讶，你说说，怎么了？"

吉索特先生脸色苍白。他为打扰佩塔罗先生而感到抱歉，但厨房里发生了一件事，一定要佩塔罗先生去看看。

"厨房？我想，应该是因为我堂妹在晚上没有下楼，而现在你们没法把她从她的脸盆里扯出来……"佩塔罗先生开玩笑地说道，但在看到管家先生那惊慌的神情时，他的口气变了，"现在吗？"他又问了一次，看看事情是不是真的很紧急。

在走向厨房的时候，佩塔罗先生不断地对跟在身后的管家先生说，希望他是出于合理的理由才中断他的午餐，然后又提到了好几次他的妻子和堂妹。他不知道这两位女士怎么样了，但是吉索特先生的沉默让他担心，他即将面对的事情并不是和他所想象的一样的。佩塔罗先生抱怨说，通向楼下用人生活区的楼道太冷了。管家什么话都没说。在楼梯底端，有一位男佣在给双手呵着气取暖。看见两位先生，他站直了身子。其中一个女佣颤抖着抱着勒克乌塞夫人的侍女，两个女佣都微微点头，向两位先生打招呼，但都没有松开对方。佩塔罗先生缩了缩身子。那不仅是因为寒冷，更是因为女佣们的眼神。厨房里发生了一件可怕的事情。

"是他发现这件事的。"管家说，指着一个牙齿咯咯作响的小伙子。

"他发现了什么？"佩塔罗先生问。

马兰特夫人和厨师从厨房里的桌子旁走开了。他们的身体在颤抖，鼻尖发红，眼睛似乎要流出眼泪了。佩塔罗先生又往前走了两步。这时，在距离厨房两层楼的楼上，佩塔罗夫人和勒克乌塞夫人的房门同时打开了。在宅子外的暴风雪中，拉特梅小姐正朝迪瑟查彭大宅走着。在厨房的桌子上有一具躯体。那躯体像雪一样白。佩塔罗先生从来没有见过眼前这样的情景。厨房的空气很冷。壁炉的火焰正在慢慢熄灭。这个刚出生的婴儿浑身赤裸。

"给他穿上暖和的衣服！"佩塔罗先生说。

但是没有人回答。他们被自己呼出的热气包裹着，睁大了眼睛看着孩子。佩塔罗先生又朝孩子走了一步，发现原来是这个孩子在散发着寒气。

佩塔罗夫人和勒克乌塞夫人在通向前厅的石阶上相遇了，心中却不知道为什么对方也和自己一样没有下楼吃午饭。两人只谈了谈正在下的那场大雪，说了说屋子里那逼人的寒气。她们要叫人去把房间里的柴火烧旺。拉特梅小姐正在雪地里行走。厨房里的人仍然看着那个孩子。他已经好一会儿没有动静了。那不像是个普通的小孩。他似乎死了。两位夫人走进饭厅。桌面上放着佩塔罗先生匆忙留下的盘子。眼前的场景让她们很是迷茫。她们高声叫人，却没有人回答。两人什么话都没说，就决定不要浪费时间，自己走下厨房。拉特梅小姐转动迪瑟查彭大宅后门的门把手。一阵强风把屋里的门都吹开了，将拉特梅小姐推进屋内。寒风跟着她进了屋，让厨房里的人感觉更冷了。壁炉里的火最终熄灭了，孩子又有了精神。佩塔罗夫人和勒克乌塞夫人走下楼梯最后的台阶。在她们的左手边，拉特梅小姐费了好大力气才重新把门关上。在冰冷的空气的抚摸下，那个刚出生的孩子发出了一声舒服的声音，睁开了双眼。那个全身雪白的孩子拥有一双水晶般的眼睛。炉火那微弱的光倒映在他眼中，折射后分解的光从双眼里透出。有好一阵子，所有被光照到的人都沐浴在彩虹的七彩当中。只有勒克乌塞夫人除外——她站得太远了。孩子又闭上了双眼，在场的人又重新回到了现实，看着桌子上的小生命。

佩塔罗先生扭头看向找到这个孩子的小伙子。他想要知道更多的情况。小伙子还未满十一岁，他脱下帽子，开始讲述他经历的事情。

那时，他正在屋外，清理着通往屋子入口路上的积雪。被这鹅毛大雪吸引的他丢下了铲子,开始玩雪。听到他这玩忽职守的行为,管家清了清嗓子。小伙子闭嘴不言了,但佩塔罗先生请他继续说。小伙子的双眼闪闪发光,似乎又回到了大雪当中,继续讲述他的故事。那是冬日里的第一场大雪。他心里激动万分,张开双臂接住雪花,又把手中的雪花抛向空中。他抬头向上看。他抛到空中的那一把雪花在他头顶消散了,但空中仍有一块很大的完整的雪花。他似乎看见,空中的一大片雪花在对他微笑。之后,这片雪花就落到了他脚边,陷入了积雪当中。

"我们立刻就把他放到火堆旁,"马兰特夫人打断道,"但是越暖和,他就哭得越凶。"

"这真的是一个孩子吗?"小伙子问道。

"当然是!不然是什么?"女管家回答道,"而且我猜他肯定是刚出生不久。"

"那么,"小伙子带着青年人特有的单纯坚持说,"谁是他的母亲呢?"

早在几个小时前,通向宅子入口的道路就被堵住了。不管怎么样,这孩子的母亲都走不远。女管家还清楚记得自己尚在育龄时的日子,但毫无疑问,她不是孩子的母亲。不知怎么的,在场的女人一个个都得确认,自己不是孩子的母亲。佩塔罗夫人和勒克乌塞夫人的身份则让她们免于作出解释。

突然，所有的目光都聚焦在拉特梅小姐身上。她一早就消失了，而且没有人知道她离开的原因。所有的先生和夫人都在，这显然不是要求她解释的时候。

"我？孩子的母亲？"当她觉得被别人怀疑时，她说道。

她十天前刚开始在迪瑟查彭大宅工作，几乎就是个陌生人。但她看了看自己的肚子。显然，如果她怀有一定时间的身孕的话，应该是能看出来的。但是，孕妇的身形并不总是那么明显。关于这样的例子有很多，罗塞夫人就是其中一个例子。

那是天气非常干燥的一年。这片区域年纪最大的老人都没见过那么干燥的天气。那一年，大家的身体状态都不好，但罗塞夫人感觉特别疲累。尽管她的丈夫一直坚持，但她不吃也不喝。所有的饮食都让她觉得恶心。十一月的一个清晨，罗塞夫人在起床时感到身体出现了一阵阵可怕的收缩。在简短的检查后，费内克医生判断，罗塞夫人就要分娩了。罗塞先生不赞同医生的看法。他的妻子没有怀孕。她的肚子就像一块木板一样平整。但是医生请他赶紧准备热水和白布。他们要抓紧时间，孩子马上就要出生了。过了一会儿，费内克医生走出卧室，手里拿着一个脸盆，脸盆里有一棵像枯叶般干瘪的核桃大小的树芽。罗塞先生非常惊讶。但费内克医生见识了那年干燥天气所造成了影响，立即就派人去打水。他慢慢地把罐中的水倒在这棵小芽上，小芽逐渐长成了一个女婴——她的手和她父亲的手一模一样，她的哭声也渐渐变得响亮。医生建议立刻给女孩喂食。小女孩严重缺水。

佩塔罗夫人打了个喷嚏，厨师立即往壁炉里添了柴火。佩塔罗先生回头看着他的妻子。在那之前，她到哪儿去了？她的堂妹又到哪儿去了？从前一天晚上起，他就没再见过这两位女士了。但是他什么都没问。用人们的目光从拉特梅小姐身上移开了。等先生和夫人们离开的时候，他们自会好好问她。但是，年轻人总是缺乏耐心的。那个小伙小心翼翼地转过头，低声询问拉特梅小姐缺席的原因。所有人的目光立即又回到拉特梅小姐身上，而她则脸红了，看向佩塔罗夫人。连佩塔罗先生也不敢询问这两个人之间的联系。女士们的小秘密只能让他头痛。毫无疑问，唯一一个可能因为女佣那看向佩塔罗夫人的意外的目光而提出疑问的人就是勒克乌塞夫人，但那时候，她正看着桌上的孩子。

下午四点的时候，佩塔罗夫妇和勒克乌塞夫人穿得严严实实地坐在镜厅的壁炉前。火焰活泼地跳动着，但还是不足以驱散进入镜厅的寒冷。镜厅的大窗户是开着的，凛冽的寒风就从那儿进来。紧靠着窗户旁放着佩塔罗家代代相传的摇篮，连佩塔罗先生本人也曾使用过这个摇篮。孩子正在摇篮里酣睡。仅有一件小线衣将他那冰冷肌肤与外面的冰雪隔绝开。这件线衣是在阁楼上放在摇篮旁的一个被遗忘了几十年的衣箱中找到的。屋子外面，积雪已经有五个手掌的高度了。雪越下越大，在这样的情况下，坐马车去城里是非常危险的。他们要等医生对这个孩子作了检查，让他把这件事情报告当地长官。而现在，佩塔罗夫人希望可以在孩子身旁看着他。他们要暂时照顾这个孩子。勒克乌塞夫人并不想将这件打破日常生活的事情留给她的亲戚，而对于佩塔罗先生来说，家中的寒冷恰恰为他提供了绝佳的借口，让他可以在没有人阻止的情况下喝一杯阿曼涅克白兰地。于是，他也自动提出要留下来陪伴两位女士，陪她们一起在家里最寒冷的一个房间里照顾这个孩子。

马兰特夫人走进镜厅，和她一起进来的还有拉特梅小姐，她拿着一大篮子木柴。在她们俩走进镜厅后，女管家把所有的门都关上了。他们不知道屋子里的寒气是从室外经窗户进来的，还是从孩子身上散发出来的。所有的镜子都如冰一样冷。有时候，大风会把一大堆雪花吹进屋子里来。在镜厅里的人什么都看不清。在镜厅尽头的壁炉前，依稀可见佩塔罗夫妇和勒克乌塞夫人的身影。佩塔罗先生伸长了手臂，误把堂妹的头当成了小桌子，把装着白兰地的酒杯放在了勒克乌塞夫人的头上。女管家问他们是否想要吃点东西，女士们都没吃午饭。勒克乌塞夫人点点头，但是佩塔罗夫人说不用。

天气太冷了,让咀嚼都变得困难。勒克乌塞夫人的脖子只是微微一动,以至于旁人都察觉不了她的动作。因此,女管家就以为两位女士都不需要食物了。在离开之前,马兰特夫人搂了搂身上的羊毛披肩,走近看了看孩子。屋外的寒冷完全包裹了他,雪花在摇篮中打转。

"这个孩子长大了!"女管家说。

身上裹着很多件毛皮大衣的佩塔罗夫人从扶手椅上站起来,走到摇篮旁。勒克乌塞夫人也紧随其后。佩塔罗先生就只想留在壁炉旁。但是,看着他的白兰地和他的堂妹一起走远,他决定跟上去。孩子正安然酣睡。

"他确实是长大了,他看上去已经不像是刚出生的孩子了。"勒克乌塞夫人说着,佩塔罗先生拿走了她头上那盛着白兰地的酒杯。

佩塔罗夫人说,与之前相比,孩子身上的线衣显得没有之前那么宽松了,而是看上去更饱满了。女管家把身上的披肩搂得更紧了,声音颤抖地附和,显然这个孩子是喜欢寒冷的。佩塔罗夫人扭头看向拉特梅小姐,让她不要再往壁炉里添柴火。千万不要让大厅暖和,却让孩子生病了。女仆放下了木柴,在好奇心的驱使下走近了摇篮。管家拿着一瓶白兰地进来了。佩塔罗先生饮尽了杯中的酒,向管家走去。勒克乌塞夫人离摇篮很近,快要把鼻子贴上去了。她呼出的气息完全扑在了孩子身上。佩塔罗先生总是说,勒克

135

乌塞夫人似乎会散发热气。她的身体那么小,那么结实,完全不可能会被冷却。勒克乌塞夫人也不出汗。她用那宽大的鼻子呼吸。用安德烈叔叔的话说,这鼻子是他们家族在进化中遗传下来的优势。他总是补充道,有了那个身体和那个鼻子,勒克乌塞夫人是不可能冻死的。孩子似乎发出了一声啼哭。佩塔罗夫人碰了碰勒克乌塞夫人。

"我们把热气传给他了。"她说。

两位夫人都走开了,留下女佣一人在摇篮旁。孩子哭了起来。拉特梅小姐走向孩子。突然间,孩子停止了哭泣。孩子手里握着拉特梅小姐的一根指头。

"拉特梅小姐!"女管家厉声斥责。

但是拉特梅小姐就和其他人一样惊讶。

"别担心,我的手总是冷的。"拉特梅小姐对其他人说。

寒风逐渐停歇了。在迪瑟查彭大宅里可以听到雪花落在积雪上的声音。厨房里,仆人们都穿着大衣,戴着帽子,安静地吃着晚饭。有时,有人会让别人帮忙递一下盐或面包。拉特梅小姐脸上的神情充满了神秘,但没有人向她提问题。是拉特梅小姐看向佩塔罗夫人的眼神保护了她。他们还不知道那个小孩的来由——那是他们见到过的最奇怪的小孩了,也不知道为什么迪瑟查彭大宅里的地板会开始结冰。

那天晚上，根据佩塔罗夫人的意思，女管家和拉特梅小姐留在镜厅守夜。

拉特梅小姐醒来了。破晓的第一束光带着湿气从大窗户射了进来。天还在下雪。女管家就在炭火旁，睡得死死的。女佣从扶手椅上起身，把原本盖着的那厚厚的毯子裹在身上。孩子睡着了。好一会儿，艾迪斯·拉特梅站着，倚在完全敞开的大窗户旁，面朝那从天上悄然落下的无穷无尽的雪花，感受着脸庞的寒冷。大雪纷飞，空气却似乎沉重得让人无法呼吸。艾迪斯不知道米拉伊尔夫人寄到迪瑟查彭大宅的信里写了什么。在那个她交给佩塔罗夫人的用火漆封好的信封里，可能或多或少地写了她那不幸的经历。她不敢触碰那个孩子。孩子睡着了，身上铺满了雪花。艾迪斯转头看向马兰特夫人。是时候叫醒她了。

勒克乌塞夫人的侍女拿着盛着早餐的托盘，小心翼翼地走着。屋里的地板都结冰了。她努力朝勒克乌塞夫人走去，而勒克乌塞夫人则活动自如。在迪瑟查彭大宅里，勒克乌塞夫人是最不可能失去平衡而跌倒的那个人了。佩塔罗夫人的侍女也走得很小心。早上七点半，佩塔罗夫人就已经开始梳洗了。佩塔罗先生习惯早起，习惯自己一个人在饭厅用早餐。他坐在往常的座位上。在他面前有茶食、果酱、水果、咖啡和当天的日报。一切都恰如其分,但他却感到不安。他费了好大力气才承认这一点:他想去镜厅看看那个孩子。

"吉索特先生,"佩塔罗先生对管家说,"可以在镜厅里用早餐吗?那边没有那么大的桌子,但我只要把咖啡拿过去就够了。"

"您不用担心,"管家回答道,"只要拿一件厚一点的衣裳和报纸就行了。"

当佩塔罗先生走进镜厅时,他才明白管家的话是什么意思。他无法相信眼前的景象。佩塔罗夫人让人不知从哪里搬来了一张桌子。她和勒克乌塞夫人都已经起床梳洗了,正坐在桌子旁兴致勃勃地聊天。桌上摆着各种各样的甜点和咸点心。

"堂哥!"勒克乌塞夫人看见佩塔罗先生,大声叫道,"你来得正是时候。你先别坐下。"

勒克乌塞夫人挽着佩塔罗先生的手臂,带着他走近摇篮。

"这孩子让你想起谁?"勒克乌塞夫人指着孩子问道。

就在勒克乌塞夫人说话的时候,沾在她下巴上的一块带有果酱的蛋糕碎掉落到孩子身上。一只麻雀立刻飞来,落在孩子的肚子上,啄了一下食物。孩子睁开了双眼。勒克乌塞夫人发出一声叫喊。坐在椅子上的佩塔罗夫人立马站了起来。

"你看见了吗?"

"什么?"佩塔罗先生说。

"这个孩子!他长得很像你父亲,也就是我的本奈特叔叔!"

佩塔罗先生仔细端详着那个皮肤雪白的孩子。他的皮肤是如此的雪白,毫无颜色,几乎和雪花以及他那钻石般的眼睛融为一体了。

"像我的父亲?"在明白了勒克乌塞夫人的话后,佩塔罗先生说道。

吉索特先生把咖啡拿过来了,他刚往里面加了点白兰地。佩塔罗先生喝了一口咖啡,佩塔罗夫人则说,勒克乌塞夫人已经把这事说得言之凿凿了。佩塔罗先生知道,再追问下去也不会有什么结果。他自己一直都不擅于记忆他人的脸庞。

到了早上十点多,两位夫人就在书房的壁炉前翻看着从阁楼上搬下来的衣箱。箱子里放满了婴儿的衣服。佩塔罗先生远远地看着她们。书房是属于他的空间。现在是特殊情况,冰雪从镜厅蔓延到了宅子的其他区域,书房却有大壁炉。夫人们不能到别的房间去了。尽管这样,佩塔罗先生仍觉得两位夫人的行为是对他的空间的侵犯。

厨房里的众人都等着为先生和夫人们上早餐的用人们。他们急急忙忙地从楼上下来,把先生和夫人们的对话原封不动地重复了一遍。

"像已经死去的佩塔罗先生?"年老的奥彭特小姐惊叫。

夫人们提出的看法是那么的荒谬,但让用人们不解的是她们的行为。两个女佣把装有佩塔罗家孩子用过的物什的箱子从阁楼搬到书房,然后就急匆匆地回到厨房。她们不想错过任何八卦。也许拉特梅小姐并不是在为自己保守秘密。佩塔罗夫人几岁了呢?她还可以生育吗?但是……一个女佣说出这两个字,然后就没必要再往下说了。大家都知道,早在几年前,佩塔罗夫妇就睡在不同的房间里了,两人从来没有到过对方的房间。那勒克乌塞夫人呢?她看上去既不年轻也不老,人们看不出她的年龄。对她来说,偷偷地怀孕生子会是一件难事吗?

与此同时,在书房里,佩塔罗先生心中那由于空间被侵占而产生的不安转变为好奇。她们从衣箱里拿出了什么呢?他借口要斟一杯察尔特勒酒,靠近了她们。要走近她们,他只能借口喝这一种酒了。夫人们把衣服从衣箱里一件件地拿出,根据衣服大小、保存情况或者婴儿性别来分类。即使手中的衣服和前一件衣服一模一样,她们还是要对每件衣服发表一番议论。很快,她们就分出了一堆要洗的衣服。那是婴儿的衣服。她们又重新把剩下的衣服叠好,以备以后再用。佩塔罗先生立马认出其中还有一些裤子。他不能注视太久。就在一眨眼的工夫,这些衣服又重新被放到箱子里那层层叠叠的衣服底下。吉索特先生走进了书房，他拿着盛有咸味小吃的托盘，好让各位在午餐前开开胃。他在佩塔罗先生前俯下身子，而勒克乌塞夫人则走到托盘前，拿了一块鳀鱼挞。在起身前，佩塔罗先生脸上的表情引起了吉索特先生的注意：佩塔罗先生脸上的神情让他想起宅子里一条很久前就死去的狗。出生后头几年，那条狗是在海边生活的。后来，它在远离大海的迪瑟查彭大宅里生活了十年。一天，佩塔罗先生带它去海边玩了两天。在回到大宅后，那条狗就露出和佩塔罗先生现在一样的眼神。

下午，奥彭特小姐为从衣箱中拿出的一件衣服缝上纽扣。她的手指已经好久没有触碰那么小的衣服了。其他的衣服都洗干净了，晾在洗衣房里。如果天气允许的话，夫人们想在第二天早上带孩子去散步，给他换衣服。夫人们说了，衣服既不用上浆，也不用熨烫。把衣服拧干后远离火源，衣服就会冻住。孩子穿上这样的衣服会感觉更舒服。

孩子在第一晚睡得不错。他没有理由不信任女管家和拉特梅小姐。吉索特先生被哈欠感染了，于是也去睡觉了。入睡时他还想着自己的兄弟姐妹。奥彭特小姐梦到一大片被银色纽扣覆盖的地方。一位无法入睡的男仆在心里想着他爱上的那位比他年长的女士，洗衣工则梦到了像幽灵般飘动着的悬挂着的婴儿衣裳。

佩塔罗夫人和勒克乌塞夫人很早就起来了。她们并不着急。她们已在前一天告诉侍女们会早起的。像往常一样,她们在自己的房间内用早餐。是带孩子去散步的愿望驱使她们起床的。天气很好,正下着雪。

婴儿车已经准备好了。用人已经把路上的积雪铲走了。找到孩子的那个小伙子负责在路上把落下的雪花铲走。两名女佣将干净笔挺的衣服拿到镜厅。所有的衣服都是线衣,都是白色的薄衣。所有的衣服都很相似。佩塔罗夫人选了一件。拉特梅小姐拿起衣服,孩子却穿不进去。佩塔罗夫人试着帮孩子穿上衣服,才发现可能会伤害到孩子。最好还是让孩子穿着第一天的衣服吧。佩塔罗先生站在大门口,看着人们带着孩子在雪中走远。

在雪花之下,孩子睁开了双眼。勒克乌塞夫人推着婴儿车。佩塔罗夫人指引着她前进,拉特梅小姐跟着她们。佩塔罗先生去了书房,让管家去酒窖拿一瓶他的好友比恩库特伯爵送的阿涅曼克白兰地。这些酒都是为了特殊的日子而准备的。在管家给他斟上一杯白兰地后,佩塔罗先生让他拿两杯酒给两位夫人。当她们散步完回来的时候,白兰地可以为她们驱寒。

雪花落在孩子身上。他身上只穿着线衣。没有风。女士们的靴子下开始有积雪了。那个小伙子走在她们前头,用铲子把雪铲走,好方便女士们行走。

在壁炉旁的佩塔罗先生让管家把他书桌上的信拿给他。他要利用今天女士们都不在家这个机会，读一下手上的信。所有的信都是寄给他的，只有一封除外：那是寄给他和他的妻子的。这封信是在大雪前一天到的。寄信人是他的一个远房亲戚——安娜·布瓦特。在收到信之后的整整三天时间里，他的妻子和堂妹每天午饭都在聊那件事。布瓦特夫人所说的那件事让她们很着迷。那都是好消息。布瓦特家的女孩活着重新出现了。人们都以为她死了，一年后，她在遥远的海域中出现了。佩塔罗夫人大声地读了信，但是佩塔罗先生当时并没有在意——似乎微醺的他正看着那波尔多红酒出神。午饭之后，夫人们把那封信留在餐桌上，一个男仆找到了信，并把它交给吉索特先生。吉索特先生把信放在佩塔罗先生的书桌上。现在，信就在佩塔罗先生的指间。两位夫人确实说得对。布瓦特家女孩的故事就像是个童话故事一样。

拉特梅小姐代替勒克乌塞夫人推婴儿车。勒克乌塞夫人将手臂举到耳朵高度才能够推婴儿车，推了那么长时间，她的手臂累了。拉特梅小姐握紧婴儿车，双手颤抖。佩塔罗夫人察觉了这个细节。她想，拉特梅小姐并不是因为寒冷而颤抖。这肯定与自己收到的推荐信有关。

十天前,一名姑娘敲开了迪瑟查彭大宅的大门。她叫艾迪斯·拉特梅,手里拿着米拉伊尔夫人写的推荐信。管家让姑娘进屋,请她在前厅等候。

佩塔罗夫人当时正看着一个房间的天花板出神。特斯芬先生在天花板的中央画了小草、蚱蜢、玫瑰、蝴蝶、金龟子……佩塔罗夫人已经端详这天花板好几天了。她对这幅作品并不满意。她要把画家重新叫过来。也许再添加几只小鸟,这幅作品才显得完整。房间的门是开着的。管家探头,询问是否可以进来。有一位小姐在门厅处等候。她手里拿着一封信,在等着佩塔罗夫人的回复。佩塔罗夫人打开信封。那是米拉伊尔夫人寄来的。在信中,她提到了一位曾在帕因塞克家当女佣的姑娘。她怀上了帕因塞克家的二公子的血脉。当人们看出她的身孕时,就在一个雪天把她辞退了。在离开帕因塞克家后,这个姑娘并没有去大城市。米拉伊尔先生第二天就找到了她。天气很冷,她生病了,孩子也不在了。米拉伊尔先生收留了她,并让她在米拉伊尔家中工作。几个月后,米拉伊尔家举行晚宴,帕因塞克家是宾客之一。就在晚宴当晚,帕因塞克夫人想和这个姑娘谈谈。那是一个很敏感的问题。在得知孩子并没有出生时,帕因塞克夫人显得很平静。米拉伊尔夫人承诺在远方为这个姑娘再找一份工作。这个姑娘叫艾迪斯·拉特梅。米拉伊尔家让她来到迪瑟查彭大宅,希望佩塔罗夫人可以收留她。作为佩塔罗夫人的老朋友，米拉伊尔夫人相信她会给予帮助的。

在午饭前，女士们散步完回来了。她们的脚都冻僵了。夫人们先上楼更衣。在她们下楼后，管家告诉她们，佩塔罗先生正在书房等着两位。这不像是佩塔罗先生的风格。一般情况下，不管佩塔罗先生愿不愿意，两位夫人都会闯进书房。而现在，佩塔罗先生确实在书房里等着她俩。佩塔罗先生语调轻快，他让吉索特先生为佩塔罗夫人和勒克乌塞夫人斟一杯比恩库特伯爵的白兰地。在这之前，在佩塔罗夫人的建议下，勒克乌塞夫人已经吃了一块鹅肝夹心小面包。于是，佩塔罗先生看向他的妻子。他站在壁炉前，说着手中烈酒的好处。佩塔罗夫人将酒杯拿到唇边。在佩塔罗先生越说越兴奋的时候，她几乎将手中的酒一饮而尽了。佩塔罗夫人假装对白兰地很感兴趣，但是，当她点头表示赞同的时候，她明白了自己的丈夫一边吃饭一边听她讲新椅子的面料或茵塞克帕特伯爵夫人的新发型时的感受。在她学着佩塔罗先生那样细细品味杯中的酒时，她在两人伪装的兴趣中确认了他们对对方的爱。

佩塔罗夫妇和勒克乌塞夫人失神地看着火焰，打发时间。不知不觉，午餐时间到了。换作在两天前，尽管她们两个都不知道对方的情况，但佩塔罗夫人和勒克乌塞夫人都不可能像现在这么平静的。那正是人们找到孩子的那一天。

那天早上，勒克乌塞夫人没有用早餐。她并不是肚子不饿，而是无法见人。前一天晚上她过得非常糟糕。

珍妮·勒克乌塞出生在一个冬日的清晨。提前为她准备的衣服都不适合穿。这孩子生得不好。常能从已死去的勒克乌塞老夫人嘴里听到这些话，这些话就构成了珍妮最早的记忆。珍妮的体形让别人很难将她抱在怀里。人们都不知道要怎么抱她。虽然她身材短小，体重却不轻。小珍妮很习惯待在摇篮里，后来就常常睡在地上。人们也不加制止，让她随心所欲。她长得很结实，似乎不会轻易伤到自己。她生来就头脑清晰。在她的父母死后，她还将会得到大笔遗产。这个小家伙总是笑眯眯的。人们从不用担心她的心情。但是，我们总会被种下无数的隐形的种子，而这些种子的生长和结果都是未知的。定格在我们肖像画中的孩童目光在不断变化，而那些在我们有记忆之前就已存在的捉摸不定的不安和焦虑恰恰是我们存在的证据。那天晚上，下雪了。尽管珍妮已经在床上躺了好几个小时，但她还是睡不着。除了她那已去世的父亲，再也没有男人用充满爱意的目光去看她。她感到很孤独。她站到了一张小凳子上，打开窗户，舒展双臂。她哭了。雪花在她的指间融化。她掌心向上，雪花就慢慢地在她手心堆积。她将带着雪花的手掌覆到脸上，覆在那哭肿了的眼睛上。她不知道，她二堂哥的妻子也无法入睡。就在几分钟前，雪花下落的簌簌声甚至还进到了佩塔罗夫人的梦里。在她的梦里，拉特梅小姐双手抱着肚子，在雪地里走着。画面立刻变成佩塔罗夫人自己在雪地上行走了。她浑身赤裸。她察觉到自己两腿之间有一股湿冷的感觉。她将手探到两腿之间。她身体冒出了雪花。在看到那一片雪白的时候，佩塔罗夫人醒了。她的心脏跳得很快。在黑暗中，她睁开眼睛，觉得外头似乎在下雪。又过了好几个小时，她终于又睡着了。已经过去很多个月了。她觉得自己不会和丈夫说这事儿了。他们从来没有谈过这件事。她的肚子已经枯萎了。他们不会有孩子了。

管家走进了书房。午餐已经准备好了。散步让那小家伙放松下来，他在镜厅睡着了。在餐桌上，勒克乌塞夫人说，在散步时，孩子对她笑了。这已经是她在散步回来后第三次说这件事儿了。

"他真的认得我们？"佩塔罗夫人第三次问同一个问题。

佩塔罗先生看向勒克乌塞夫人。仆人们在他这位亲戚的座位上放了两个坐垫，好让她能够得着盘子。她眉飞色舞地说着关于那小孩的事情。勒克乌塞夫人比佩塔罗先生要年轻，他从她还是个孩子时就认识她了。佩塔罗先生听着她说话，脸上的表情变得柔和了。她是他的家人。

当天晚上，在全部人都睡下的时候，天气变了。在镜厅里，拉特梅小姐就在壁炉的火堆前睡着了。孩子则一动不动。他没有哭。在摇篮里的他睁大了眼睛，看着那些散落在晴朗无云的天空中的星星。他能感觉到气温在升高。

第二天早上，佩塔罗夫人突然惊醒了。有人在敲门。她一把抓过长袍穿上。但是，在她开门前，脸色大变的勒克乌塞夫人已经进来了。她是从镜厅过来的。拉特梅小姐刚把她叫醒。是和孩子有关的事情。

脚步声打断了佩塔罗先生的睡梦。他睁开眼睛，不确定自己是不是听到了什么声音。他把头探出房门，凝神屏气地听着。他又拉开窗帘，打开了窗户。太阳出来了。天气很好，阳光灿烂。他开始洗漱，准备下楼。趁着好天气，他想等两位女士起床和用过早餐后，陪她们一起带着孩子去散步。突然，佩塔罗先生脸色惨白。他又回头看了看玻璃窗。他立马穿好鞋子，赶紧走出了房间。在他还没到镜厅时，就在楼梯上，他碰到了吉索特先生。吉索特先生上楼是为了找他。佩塔罗先生跟着管家来到了楼下，看见两个女仆正在搬摇篮。他的妻子和堂妹穿着晨衣，跑到了他身旁。迪瑟查彭大宅所有的门都开了，马兰特夫人和拉特梅小姐分别站在门的两边。管家走开了。佩塔罗先生走下台阶，走到宅子外面。

摇篮就在地上,就在大门前。佩塔罗夫人用手拢了一把雪花,将雪花撒在孩子身上。佩塔罗先生抬头,望向比风景更远的地方。

"今天早上我起来时,看见他肚皮上还有鸟儿啄过留下的痕迹。"拉特梅小姐说。

孩子融化了。空气中的炎热和人们手掌的温度融化了佩塔罗夫人撒在孩子身上的雪花。

"贝娅特雷斯。"勒克乌塞夫人唤她。

佩塔罗夫人回过头来,定定地看了勒克乌塞夫人几秒。勒克乌塞夫人也看着她,但之后就低下了头。

"你的手冷吗?"佩塔罗夫人立刻问拉特梅小姐。

这个新来的女仆将孩子从摇篮中抱起,将他放到慢慢从积雪中显露出来的石板地面上。在孩子的脸消融前,孩子对他们笑了。

"他认得我们。"佩塔罗夫人低声说。

那三位女士就站在孩子身旁。她们向那些没有出生的孩子们告别。她们能感觉到,我们就是属于世界的生灵和存在。佩塔罗先生看着孩子。那是最后一个佩塔罗家族的人了。他转向他的妻子,握住了她那湿润的手掌。

短经典精选系列

走在蓝色的田野上
〔爱尔兰〕克莱尔·吉根 著 马爱农 译

爱,始于冬季
〔英〕西蒙·范·布伊 著 刘文韵 译

爱情半夜餐
〔法〕米歇尔·图尼埃 著 姚梦颖 译

隐秘的幸福
〔巴西〕克拉丽丝·李斯佩克朵 著 闵雪飞 译

雨后
〔爱尔兰〕威廉·特雷弗 著 管舒宁 译

闯入者
〔日〕安部公房 著 伏怡琳 译

星期天
〔法〕伊莱娜·内米洛夫斯基 著 黄荭 译

二十一个故事
〔英〕格雷厄姆·格林 著 李晨 张颖 译

我们飞
〔瑞士〕彼得·施塔姆 著 苏晓琴 译

时光匆匆老去
〔意〕安东尼奥·塔布齐 著 沈萼梅 译

不中用的狗
〔德〕海因里希·伯尔 著 刁承俊 译

俄罗斯套娃
〔阿根廷〕比奥伊·卡萨雷斯 著 魏然 译

避暑
〔智利〕何塞·多诺索 著 赵德明 译

四先生
〔葡〕贡萨洛·曼努埃尔·塔瓦雷斯 著 金文彪 译

房间里的阿尔及尔女人
〔阿尔及利亚〕阿西娅·吉巴尔 著 黄旭颖 译

拳头
〔意〕彼得罗·格罗西 著 陈英 译

烧船
〔日〕宫本辉 著 信誉 译

吃鸟的女孩
〔阿根廷〕萨曼塔·施维伯林 著 姚云青 译

幻之光
〔日〕宫本辉 著 林青华 译

家庭纽带
〔巴西〕克拉丽丝·李斯佩克朵 著 闵雪飞 译

绕颈之物
〔尼日利亚〕奇玛曼达·恩戈兹·阿迪契 著 文敏 译

迷宫
〔俄罗斯〕柳德米拉·彼得鲁舍夫斯卡娅 著 路雪莹 译

奇山飘香
〔美〕罗伯特·奥伦·巴特勒 著 胡向华 译

大象
〔波兰〕斯瓦沃米尔·姆罗热克 著 茅银辉 易丽君 译

诗人继续沉默
〔以色列〕亚伯拉罕·耶霍舒亚 著 张洪凌 汪晓涛 译

狂野之夜：关于爱伦·坡、狄金森、马克·吐温、詹姆斯和海明威最后时日的故事（修订本）
〔美〕乔伊斯·卡罗尔·欧茨 著 樊维娜 译

父亲的眼泪
〔美〕约翰·厄普代克 著 陈新宇 译

回忆，扑克牌
〔日〕向田邦子 著 姚东敏 译

摸彩
〔美〕雪莉·杰克逊 著 孙仲旭 译

山区光棍
〔爱尔兰〕威廉·特雷弗 著 马爱农 译

格来利斯的遗产
〔爱尔兰〕威廉·特雷弗 著 杨凌峰 译

终场故事集
〔爱尔兰〕威廉·特雷弗 著 杨凌峰 译

令人反感的幸福
〔阿根廷〕吉列尔莫·马丁内斯 著 施杰 译

炽焰燃烧
〔美〕罗恩·拉什 著 姚人杰 译

美好的事物无法久存
〔美〕罗恩·拉什 著 周嘉宁 译

魔桶
〔美〕伯纳德·马拉默德 著 吕俊 译

当我们不再理解世界
〔智利〕本哈明·拉巴图特 著 施杰 译

海米的公牛
〔美〕拉尔夫·艾里森 著 张军 译

对不起,我在找陌生人
〔英〕缪丽尔·斯帕克 著 李静 译

爱因斯坦的怪兽
〔英〕马丁·艾米斯 著 肖一之 译

基顿小姐和其他野兽
〔安道尔〕特蕾莎·科隆 著 陈超慧 译

在陌生的花园里
〔瑞士〕彼得·施塔姆 著 陈巍 译